앨리스 In 작가랜드

나도 작가가 되기로 했다

앨리스 In 작가랜드

노랑앨리스 지음

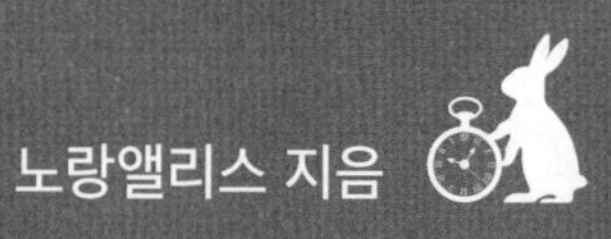

좋은땅

여는 글

책을 써야겠다!

결심을 하고 나서 글쓰기, 책 쓰기에 미쳐 살았다. 눈 뜨고 아이들 학교 보내자마자 하루 종일 책 쓰기에 골몰했다.

당연히 무엇을 써야 할지 몰랐다. 그러나 늘 그렇듯이 책 속에 길이 있었다.

책 쓰기 책, 글쓰기 책, 카피라이팅 책, 마케팅 책을 읽어 댔다. 책들을 기본 2번 정도는 읽었다. 처음 한 번은 그냥 읽고, 두 번째는 중요한 부분을 집중적으로 읽었다. 꼼꼼하게 메모하고 노트에 써 두거나 노트북 메모장 프로그램이나 한글 프로그램에 저장하였다. 그 부분에 대해 완전히 소화가 될 때까지 읽고 생각하고 또 읽고 생각했다. 나만의 것이 될 때까지 읽고 또 고심했다. 이렇게 작가가 되기 위해 기초를 깔았다.

책을 쓰고자 했을 때 나는 이렇게 시작했다. 특히 전문적인 분야가 없었기에 주제 잡기부터 맨땅에 구르고 또 굴러야 했다.

이 책은 그런 과정들을 통해 알게 된 지식과 정보들, 경험과 통찰을 담았다. 왜 작가가 되기로 했는지, 왜 작가가 되어야 하는지부터 작가가 되고자 할 때 해야 할 가이드 및 출판 과정까지를 진솔하게 썼다. 책 쓰기 왕초보였던 내가 했던 방법 그대로이다.

책 쓰기 책이나 강의들, 자료들을 과거부터 요즘까지 살펴보면 달라진 부분도 있고 같은 부분도 있다. 하지만 책 쓰기의 본질은 변하지 않았다. 시대 흐름에 따라 방법이 조금씩 바뀔 뿐이었다. 이 책에는 책을 내 보려는 저자들에게 필요한 여러 가지 심리적, 실천적 도구들이 있다. 그것을 책을 쓰려는 예비 저자들과 공유하고 싶다.

책 쓰기는 정말 힘들다. 되지도 않는 짓을 하는 것 같은 마음이 몇 번이나 든다. 그래서 준비는 오래하고 쓰기는 빨리 쓸 것을 권한다. 당 떨어지기 전에, 의욕에 불탈 때 빨리 써야 된다. 그리고 가능하면 누구와 함께하는 것을 권하겠다. 혼자서는 진짜 힘들기 때문이다. 그 과정을 지나 내가 쓴 책이 출판되어 나올 때의 기쁨을 상상해 보자. 무엇에도 비길 수 없는 인생의 가장 행복한 일 중 하나라고 확신한다.

인생의 많은 것을 변화시켜 줄 불씨가 되어 줄 수도 있다.

글을 쓰고 작가가 되는 것.
인생을 한 단계 다르게 사는 아주 좋은 길이라고 생각한다.
그래서 나도 작가가 되기로 했다.

목차

2부 글쓰기는 이렇게

3부
작가 되기
READY~

4부

작가 되기

GO! GO!

1부

왜왜왜 도대체 왜
작가냐면~

왜 작가가 되어야 하지?

시쳇말로 뽀다구가 나니까?

내가 생각한 답은 "인생을 업그레이드하기 위해서."이다.

그러다가 잘 안 되면 어쩌냐고? 시간과 노력은 있는 대로 들였는데 낭비해 버리기만 할 것 같고. 겨우 책이란 것을 내었더니 "이딴 것도 책이냐. 네가 작가라고?" 하는 식으로 웃음거리만 될까 무섭고. 어디 가서 작가라고 하기 민망하기만 할 것 같고. 내가 쓴 내 글, 내 책 봐도 부끄럽기만 할 것 같고.

그런 생각들이 발목을 잡는 것이다. '아! 내 발목 내가 잡고 있구나.' 하는 것을 깨달아야 한다. 작가가 되기로 했으면 이런 생각은 버려야 한다.

나는 그런 생각 때문에 몇십 년을 낭비했다. 그런 생각의 끝은 결국 아무것도 한 것 없고, 아무것도 이루어 낸 것 없는 인생일 뿐이었다. 내가 그렇고 주변도 그렇다.

그런데 아무리 생각해도 인생을 업그레이드할 수 있는 방법이 유튜버라면 지금 당장 이 책을 덮고 유튜브 계정을 만들길 바란다. 그리고 꽤 괜찮은 유튜버가 된 후 이 책을 다시 열길 바란다. 잘나가는 유튜버이든, 슬럼프에 빠진 유튜버이든 '작가'가 되는 일이 반드시 필요할 테니. 우리나

라에서 가장 잘나가는 유튜버 중 한 명이었던 신사임당, 그분도 책을 냈다. 『킵고잉』과 『슈퍼노말』이라는 책이다.

마케팅의 천재, 사업가 러셀 브런슨의 『마케팅 설계자』에 이런 에피소드가 있다. 친구이자 척추지압사인 채드 울너 박사는 러셀 브런슨에게 이런 이야기를 한다.

> "너는 네가 토니 로빈스나 브랜든 버처드와 어떻게 다른지 알아?"
> "아니, 그 차이가 뭔데?"
> "그 사람들은 책을 가지고 있다는 거야. 뭔가 좀 더 정통한 것처럼 보이잖아."
>
> – 러셀 브런슨 『마케팅 설계자』 인용 –

친구의 조언에 따라 마케팅 책을 출판한 러셀 브런슨은 전 세계로 그의 이름과 회사를 알리고 더더욱 잘나가고 있다.

결론은 이렇다. '작가'가 되는 일은 인생을 업(UP)시키려면 반드시 필요하다.

즉, 작가가 되어야 하는 이유는 인생의 업그레이드를 위해서이다. 나 역시 인생을 업그레이드 할 필요가 있기 때문에 '나도 작가가 되기로' 했다.

작가는 1인 기업 대표

1인 기업 시대이다. 디지털노마드, N잡러가 힙한 키워드이다. 노트북, 심지어 스마트폰 한 대로도 돈을 번다. 자유롭게 시간과 공간을 쓸 수 있다. 이런 얘기가 있다. "단군 이래 가장 돈 벌기 좋은 시대."

대체 무슨 소리일까. 인터넷을 이용한 1인 비즈니스의 시대가 열렸다는 뜻이다. 학력도 경력도 거주 지역도 상관없이 누구에게나 열린 문이다. 능력이 되면 온라인이라는 도구를 이용해 부와 명예를 쌓을 수 있는 시대이다.

시대에 발맞추어 여러 가지를 도전해 보았다. 단군 이래 가장 좋은 돈벌이 기회를 놓치고 싶지 않았다. 내가 해 볼 수 있는 상품이나 서비스, 콘텐츠는 무엇이 있을까 고민해 보았다. 분야는 넘쳐났다. 조금만 알아봐도 '할 만한데.'라는 생각이 드는 분야가 너무 많았다. 그래서 여기 찝쩍, 저기 찝쩍~. 이것저것 해 보았다.

결론은 잘되는 건 힘들었고 궤도에 오르기까지는 생각보다 시간이 많이 필요했다. 잘 안 되는 건 스트레스로 인한 탈모와 비만(똥뱃살)을 일으켰다.

다시 곰곰이 생각해 보았다.

'단군 이래 가장 돈 벌기 쉬운 시대라는데. 1인 기업이 대세라는데. 내가 할 수 있고, 탈모와 비만을 일으키지 않는 1인 기업 대표에는 무엇이 있을까?'

거기에 '작가'라는 답이 있었다. '글 콘텐츠'가 '나만의 상품', '나만의 서비스'가 된다면! 마음 한 귀퉁이에 밀려나 있던 '작가'라는 1인 기업이 버젓이 있었다.

나는 '글 콘텐츠메이커(글 콘텐츠메이커 = 작가)'로 눈을 돌렸다. 내가 대표가 되어 나의 콘텐츠를 팔 수 있는 직업. 작가에 도전해 볼 만하다고 생각했다.

작가가 되기 위해서는 일단 읽고 쓸 줄만 알면 된다. 아프리카의 차드라는 나라는 전 세계에서 가장 높은 문맹률을 자랑(?)하는데 오직 22%의 국민만이 읽고 쓸 줄 안다고 한다. 대한민국의 국민이라면 대부분 읽고 쓸 줄 안다. 엄청난 혜택이다.

핸드폰 어플리케이션을 개발해 보려고 컴퓨터 언어에 도전해 보았다. 참… 그렇게 해도 해도 안 늘고, 해도 해도 이해가 되지 않는 언어는 처음 보았다. 그럭저럭 아주 바보는 아닌데도 컴퓨터 언어는 그토록 어려웠다. 그에 비해 일반 글을 읽고 이해하고 쓰는 것은 얼마나 쉬운지! 그런 혹독한 시간과 노력의 투자 없이도 작가는 할 수 있다.

읽고 쓸 줄만 안다면 1인 기업 대표가 될 수 있다. 정말 대단한 일이다. 작가가 되기 위한 지식이 부족하다면 읽어서 채우면 된다. 그리고 쓰면 된다. 이토록 쉽게 도전해 볼 만한 1인 기업은 (내가 알기로는) 거의 없다.

누구나 두려운 것

바로 가난한 노후이다. 늙는 것은 누구나 두렵다. 특히 경제력 없는 노년의 삶은 정말로 두렵다.

나이가 들면서 가장 힘든 일이 무엇일까? 구직 활동이다. 경력도 노하우도 별로 소용이 없다. 이력서를 내 봐도 나이에서 짤리기 일쑤이다. 차별이 아닌 현실이다. 멀쩡한 일자리를 구하기 어렵기에 가난한 노후가 더욱 두렵다.

나에게는 소소한 꿈이 있다. '늙어 죽을 때까지 일을 하는 것'이다. 어찌 보면 조선시대 노예 같은 꿈이다. 하지만 잘 생각해 보자. 이 꿈의 내용은 결코 노예의 그것이 아니다. 노예는 노동을 한다. 나의 포커스는 '일'이다. 노동을 하고 싶은 것이 아니고 '일'을 하고 싶은 것이다. 그것도 늙어 죽을 때까지!

일은 인간의 삶에 아주 중요한 부분이다. 일을 할 수 있다는 건 그만큼 지력과 체력이 된다는 이야기다.

치매에 걸리면 일을 할 수 없다. 지력이 없기 때문이다. 암에 걸리면 일을 할 수 없다. 체력이 없기 때문이다. 그렇다면 나의 꿈은 정말 노예의 꿈일까? 아닐 것이다. 늙어 죽을 때까지 똑똑하고 건강하게 살고 싶다는 이야기가 된다. 소소한 꿈도 아니다. 어마어마한 큰 꿈이다.

이 꿈을 이루어 주는 드림메이커가 있다. 나이가 들어도 할 수 있는 일, 이력서에서 짤리지 않는 일. 큰 육체적 노동을 필요로 하지 않는 일. 경력이 없어도 시작할 수 있는 일. 바로 작가라는 일이다.

나이가 들어 몸이 쇠약하더라도 최소한의 몸 작업으로 고부가가치의 상품인 책을 생산해 낼 수 있다. 더불어 나이가 들수록 매력적인 직업이 작가이다. 경험과 통찰의 폭이 넓어지기 때문이다. 그러기에 평생 직업 중 하나로 나는 작가를 선택한 것이다.

작가는 나의 은퇴 준비

사실 은퇴 후의 삶에는 관심이 별로 없었다. 너무 먼 일이라고 생각했다. 젊었고 활기가 넘쳤으며 건강했다. 나이 들어도 얼마든지 돈을 벌고 생활을 할 수 있을 거라 생각했다.

그 생각은 마흔다섯이 넘으면서 바뀌었다. 평생 건강할 것 같았던 몸이 이곳저곳 아프기 시작했다. 누구보다 빠릿빠릿하고 잘 돌아가던 머리도 한 템포 느려졌다.

어렸을 적 아빠가 즐겨 보던 프로그램은 〈가요무대〉였다. 너무 싫었다. 저런 느릿하고 재미도 없는 노래를 듣고 있다니. 이제 내가 그렇다. 요새 아이돌들? 누가 누군지도 모른다. 방탄소년단 얼굴을 구별 못 했다가 엄청 욕을 먹었다. 나는 이제 기성세대가 되어 가는 것이다. 먼 미래라고 생각했던 은퇴, 노년의 삶도 이렇게 빨리 다가올 것이 분명하다.

은퇴는 남의 일이 아니다. 전업주부는 더 위험하다. 직장에 다니거나 자영업을 하면 퇴직금이나 현금이라도 있다. 일을 했던 경험과 노하우라도 있다. 배우자의 수입에 의존하는 전업주부의 은퇴는 무섭다. 배우자가 잘못되기라도 한다면 거리에 내 앉아야 하는 판이다. 나는 좀 더 안전한 은퇴를 원했다. 은퇴라는 것을 정면으로 마주하기엔 너무 두려웠다. 차가운 현실을 모른 척 외면하고 있었다. 지금껏 외면했으니 이제 마주하라고 삶이 신호를 보내 왔다. 더 이상 망설이거나 미루지 않고 은퇴 준비를 해야 했다.

여러 가지를 시도해 보았다. 잘된 것도 있었고 망한 것도 있었다. 재능을 잘 찾아서 선택과 집중을 해야 했었는데 그걸 몰랐었다.

늦었을수록, 나이가 들었을수록 자신이 가진 제일 좋은 카드를 꺼내야 한다. 더 이상 꺼낼 기회가 없을지도 모르기 때문이다. 내가 갖고 있는 가장 좋은 재능을 펼쳐야 한다. 내가 가진 가장 큰 강점을 어필해야 한다. 그래야 성공 가능성이 높아진다.

나의 재능 중 하나는 글쓰기이다. 그래서 작가가 되는 것은 나에게는 최고의 은퇴 준비이다. 은퇴이면서 새로운 직업의 시작이다.

작가라는 직업의 비전을 따져 보았다

작가가 되었다가 안 팔리면? 작가는 가난한 직업이라던데….

작가가 되기 위해 비전을 따져 보았다. 속물 같을까? 아니! 당연히 고려해야 한다. 노점을 하려고 해도 장사가 될까 안 될까. 먹고 살 수 있을까를 따진다. 취미가 아닌 이상 수익도 없고 품만 든다면 아무리 빛나 보여도 하고 싶지 않다.

안 팔리는 작가가 되면 어쩌지! 책 시장이 불황이라서 아무리 잘 써도 안 팔리면 어쩌지! 작가 되어 봐야 못 벌어먹고 살면 만사 소용없지 않나? 이 포인트로는 작가는 비전이 없는 직업이다.

내가 알아보고 고찰해 본 작가의 비전은 이렇다.

과거에도 그랬고, 미래에도 그럴 것이다. 인간은 의식주가 채워진 후 원하는 욕구들이 있다. 그것들 중 지식욕과 재미(쾌락)의 욕구가 있다.

사람들은 늘 정보나 이야기를 원한다. 재미있는 스토리를 원한다. 재미있는 이야기를 만드는 작가가 살아남는 이유이다. 소설가나 시나리오 작가만이 살아남는다는 말이 아니다. 사람들은 항상 새롭거나 재미있는 이야기를 원한다는 이야기이다. 에세이에도 자기계발서에도 심지어 보고서에도 '이야기'가 있다. '스토리'가 있다. 철학서나 사설, 칼럼, 신문 기사라도 사람들의 마음을 끄는 새로운 이야기는 항상 나오고 있다.

새로운 스토리를 창작한다는 것은 무에서 유를 만드는 '천지창조'를 하는 것이 아니다. 기존에 있던 주제들, 글감들을 자신만의 개성과 컬러로 무장하는 것이다. 구태의연한 이야기도 작가에 따라 얼마든지 새로운 이야기로, 개성 있게 내놓을 수 있다. 그러면 또 사람들은 그 이야기를 사랑한다.

나만해도 비슷한 주제의 책이지만 작가가 다르고 구성이 다르면 찾아 읽는다. 재테크 열풍이 한창 대한민국을 강타했을 때 '돈벌이'가 큰 키워드였다. 같은 주제의 책을 여러 권 읽었다. 작가가 다르면 같은 주제여도 읽어 보았다. 재테크는 새로운 주제일까? 아니다. 새로운 스토리일까? 아니다.

'사랑'은 아주 식상한 주제이다. 그래도 '사랑'을 소재로 하는 드라마나 영화가 (재미만 있다면) 불티나게 팔린다.

사람들은 항상 이야기를 좋아한다.

요새는 사람들이 책을 구입하지 않아 작가로 먹고 살기 힘들단다. 그럴 수 있다. 아무래도 영상 시대이다 보니 책 구매율이 떨어진다. 그런데 요즘 작가는 '책'으로만 먹고살지 않는다. 책을 낸 힘이 있는 작가의 스토리력이 작가를 먹여 살린다. 스토리를 사려는 사람들, 스토리로 제작한 영상들. 스토리력이 필요한 각종 분야들, 스토리를 만드는 강의 등 다양한 분야로 작가는 먹고살 수 있다.

세상은 책을 낸 작가의 기획력, 스토리력, 창조력을 사고 싶어 한다. 작가가 되어 스스로 유튜브나 인스타그램을 운영할 수도 있다. 눈을 뜨면 길은 어디에나 있다.

작가가 되면 할 수 있는 수많은 비전들이 있다. 그래서 나도 작가가 되기로 했다.

시대가 변해도 작가는 살아남는다

'꿈이 무엇이냐'는 질문에 요즘 아이들의 1순위 대답이 '유튜버'라는 기사를 보았다. 시대가 달라지고 희망 직업도 달라졌다. 아이들만의 꿈도 아니다. 어른들도 잘나가는 유튜버를 꿈꾼다. 잘나가는 유튜버가 되면 노동 대비 돈을 잘 번다. 찍어 놓은 영상이 방영되는 동안은 계속 돈을 벌어 주는 구조인데다가 평생 직업이기 때문이다.

이런 미디어 대세 시대에 필수 자질은 무엇일까? 나는 콘텐츠를 만드는 능력이라고 생각한다. 그래서 미디어 구성작가는 계속 구인 광고가 나온다. 콘셉트를 짜고 대본을 구상해 줄 기획력과 스토리력이 있는 '작가'가 필요한 것이다.

그러면 (유튜버와 비슷하게) 자신이 자신을 고용한 1인 기업의 대표이고, 잠을 자는 동안에도 계속 수익이 나는 구조이며, 잘되면 돈도 잘 버는 또 다른 직업이 무엇이 있을까? 그중 하나는 분명 '작가'이다. 게다가 작가는 콘텐츠를 만드는 크리에이팅 능력도 있다. 구성작가를 고용할 필요가 없다.

아무리 화려하고 기술적으로 뛰어나도 스토리가 없다면, 즉 제대로 된 콘텐츠가 없다면 그 영상은 실패한다. 반면 영상은 좀 엉성해도 스토리가 탄탄하다면 그 콘텐츠는 살아남는다.

대박을 쳐서 작가가 빌딩까지 샀다는 풍문이 있는 웹툰『신과 함께』.

그림체는 초등학생이 그려도 그릴 수 있을 것 같다. (실제 작가님은 그림을 잘 그린다고 한다.)『신과 함께』는 초초대박을 쳤고 영화화까지 되어 작가는 부와 명예를 거머쥐었다. 화려한 그림체, 기술의 힘이 아니다. 두말할 것 없이 스토리의 힘이다. 만화『신과 함께』를 보기 시작하면 두 번 놀란다. 처음에는 엉성한 그림체에 놀라고 두 번째는 너무너무 재미있어서 놀란다.

일본에 한 만화가가 있다. 개그 만화를 그려서 그림체가 익살스러웠다.

그의 작품을 본 편집자는 고민했다. 스토리는 너무 좋은데 그림체가 심각하게 별로였던 것이다. 아는 작가 중 스토리는 별로인데 작화 실력이 뛰어난 만화 작가가 있었다. 그 작가를 그림 작가로 섭외해서 작품을 다시 만들어 냈다. 그렇게 제작된 만화는 영화화까지 되며 초대박을 쳤다. 일본 만화 『데스노트』의 이야기이다.

시대는 항상 변한다. 사람들은 변하는 것에만 초점을 맞추어 열심히 변화를 좇는다. 하지만 정말 알아야 할 중요한 것은 변하는 시대에서도 변하지 않는 것을 좇아야 한다는 점이다.

작가는 아주 오래된 직업이다. 글이 없을 때는 구전으로 이야기꾼으로 존재했다. 변하지 않는 어떤 분야이다. 세상이 바뀌어 외적인 옷은 갈아입는다 해도 스토리를 창조한다는 본질은 변하지 않으며, 시대와 함께 유유히 살아남을 직업이다. 그런 직업, 가져 보고 싶지 않은가? 나는 꼭 가져야겠다고 생각했다.

달디단 꿀, 작가 부심

"느그 아부지 뭐하시니?", "작가입니다."

경제력이 어찌되었든 누군가 직업이 작가라고 한다면 어떤 느낌이 들까? 나는 조금 인텔리한 느낌이 든다. 작가라는 직업이 주는 지적인 느낌 때문이다. 작가라는 직업은 '부심'을 갖기에 충분한 상위 직업이다.

작가라는 꿈은 내 기억엔 중학교 2학년쯤 갖게 된 것 같다. 선생님이 장래 희망을 적어 내라고 했다. 작가, 기자 이렇게 적었던 것 같다. 다 인문 계열의 글을 쓰는 직업이었다. 문과 쪽에 작가가 아니어도 직업은 많다. 그런데 나는 왜 '작가'라는 직업을 썼을까. 맘 깊은 어떤 곳에 '작가'라는 직업이 주는 자부심이 있기 때문이라고 생각한다.

아이의 초등학교 선생님이 동화책 작가님이었다. 선생님께 더 호감이 가고 믿음이 갔다. 선생님이 하시는 일이면 괜히 다 긍정적으로 보였다. 작가라는 브랜드가 주는 후광이 그렇게 컸다.

시어머니가 항상 똑똑한 분이라고 말씀하시는 지인분이 계신다. 그분이 '시인'이란 것을 알게 되었다. 정.말.로 멋져 보였다. 그분이 시인이란 것을 알고 나서는 나도 모르게 태도가 조금 바뀌었다. 더 '존경'의 마음을 담아 대하게 된 것이다. 간사하다고 생각하나? 그럴 수도 있다. 하지만 인간이란 게 원래 그렇다. 사람의 겉만 보고 섣불리 판단한다. 그랬다가 대단한 사람임을 알게 되면 태도가 바뀌는 것이다.

성공한 경영인이거나 연예인, 정치가 등 리더급의 인물이 아니어도 존경 또는 존중을 받을 수 있는 직업. 존경까지는 아니어도 좀 나은 인간으로 보이게 하는 직업. 그런 가능성이 있는 직업. 작가라고 생각한다.

작가는 어떤 작가이든 되기만 하면 자부심이 생긴다. 자동이다. 게다가 네이버 인명사전에도 '작가'라고 등록할 수 있다.

투잡에서 전업으로! 나의 페이스대로!

아는 동생이 쇼핑몰을 시작했다. 회사에 다니면서 쇼핑몰 교육을 받았다. 비용이 엄청 비쌌다. 주말마다 오프라인 교육장에 가서 빡세게 수업을 받았다. 쉬는 시간도 없이 배운 것을 토대로 물건을 올리고 팔았다. 올드미스여서 가능하다고 생각한다. 챙겨야 할 아이나 가족 없는 혼자 몸이니 시간과 노력을 올인할 수 있다. 전업으로 온라인 셀러를 하는데 꽤 잘 벌고 있다. 거기에 들인 공을 얘기할 때 이런 얘기를 한다. 이 노력으로 공부를 했으면 서울대 갔겠다고. 먹고살기가 쉽지 않다.

나도 온라인 셀러에 도전한 적이 있다. 결론은 실패였다. 위탁이나 사입도 어렵고, 재고처리도 쉽지 않고, 배송도 골치 아프며, 무엇보다 잡일이 정말 많았다. 24시간 신경이 쓰인다는 것도 스트레스 요인이었다. 결국 제대로 해 보지도 않고 포기했다. 수많은 잔일들, 잡일들, CS. 큰일들을 처리하기엔 나는 너무 유리멘탈이었다.

작가는 어떨까? 유리멘탈도 할 수 있다는 점에 우선 한 표를 주었다. 초기 비용이 없다는 사실에도 한 표. 도서관이나 서점을 이용하면 무료로 많은 정보를 조사할 수 있다는 점에도 한 표. 공간의 제약이 크지 않다는 점도 한 표. 시간도 조정할 수 있다는 점에도 한 표이다.

시작하는 데 많은 장점이 있다. 그리고 제 궤도에 오르기만 한다면 사실 이만한 직업도 없다. 필요한 도구가 많이 없어도 된다. 노트북 하나면 일단 끝이다. 인터넷이 굳이 없어도 된다. 한글이나 워드 등 글을 쓸 수 있는 프로그램만 하나 깔려 있으면 된다. 오히려 인터넷이 없는 게 글은 더 잘 써진다.

온라인 판매처럼 구매 건이나 물품, 재고, CS 등을 매일같이 일일이 확인할 필요도 없다. 그냥 매일같이 내가 쓰던 글을 이어서 쓰면 된다. 그렇게 차곡차곡 쌓아 나가면 된다. 본업이 있고 체력도 힘들다면 하루 한 시간 정도 한 꼭지씩만 써도 된다. 한 달이면 주말을 제하고도 20꼭지가 된다.

SNS를 한 시간만 끄면 된다. 그래도 어려우면 플랫폼의 도움을 받을 수도 있다. 연재를 하는 것이다. 연재를 하게 되면 아무래도 압박이 생긴다. 그렇게 쓴 글들을 모아서 출판을 할 수도 있다. 이런 꿀이 없다.

주제 잡기, 자료 모으기 등 초기 세팅에 시간은 걸린다. 그래도 그것만 잘해 놓으면 할 만하다. 이 책도 주제 잡는 데 힘들었지만 주제를 잡고 목차를 정돈하니 글이 잘 써졌다. 돈이 크게 드는 것도 아니고 지금의 직업과 병행하기 어려운 것도 아니다. 나의 페이스대로 갈 수 있다. 투잡으로 시작하기에도 부담이 없다. 페이스 조절이 가능하고 시간과 공간의 제약이 크게 없기 때문이다.

책을 한 권 내고 나면 많은 것이 달라질 수 있다. 작가라는 타이틀을 달고 나면 할 수 있는 길이 많아지기 때문이다. 강의도 하고 유튜브도 하고 인스타그램도 할 수 있다. 비전이 보이면 작가 전업으로 가 볼 만하다. 투잡을 하다가 인지도가 높아지고 상황이 맞으면 작가 전업으로 가면 된다. 이만한 투잡이 없다.

세상에서 가장 안전한 투자처

세상에 안전한 투자는 없다. 투자에는 항상 위험이 따른다. 위험이 없는 투자는 수익률이 매우 낮다. 투자를 하기 꺼려진다. 투자라고 볼 수 없기 때문이다. 게다가 잘못된 투자는 인생을 흔들 만큼 위험하다.

퇴직금으로 치킨 집을 개업. 얼마 버티지 못하고 망함.
묻지 마로 부동산 또는 주식에 손을 대서 큰 손해를 봄.
믿었던 지인과 사업을 하다가 서로 원수가 된 후 접음.

이런 이야기는 심심치 않게 많다. 요새는 치킨집 대신 카페 창업도 자주 등장한다. 가진 돈을 모두 날리는 새드 엔딩은 어디에나 있다. 창업뿐 아니라 주식, 부동산, 코인 등 투자라는 말이 들어가는 곳은 어디나 이런 이야기들이 있다. 있는 돈 다 날리고, 사람도 잃고, 건강도 잃는 불행한 스토리는 실제로 여기저기 존재한다. 왜 그럴까?

투자의 본질은 잃거나 따는 일종의 50:50의 게임이기 때문이다. 일견 도박과 비슷하다. 단지 투자와 도박의 차이라면 도박은 아무런 노력 없이 요행을 바란다는 것뿐이다. 투자(투기/도박)은 결국 한 끗 차이로 위험을 내포하고 있다. 그것이 투자의 속성이다. 투자자의 세계에는 이런 말이 있다. "아홉 번 이겨도 한 번 크게 지면 다 잃는다." 그래서 이런 제목의 책과 강의가 유행했다. '잃지 않는 투자법'

아쉽게도 그런 투자는 세상에 없다. 작든 크든 투자는 Loss라는 그림자가 항상 따라오는 법이다. 좀 잃어 본 내 경험에 의해서는 그렇다.

손실에 대해서도 생각해 보았다. 손실 즉 '잃는 것'은 어떤 것이어야 할까? 첫째, 나의 생계를 위협해서는 안 되는 것이어야 한다. 인생을 흔들 수 있는 큰 규모는 안 된다. 집이나 건물 같은 유형의 것도 안 된다. 신체의 손상 같은 회복과 복구에 시간이 (오래) 걸리는 것도 안 된다. 누군가에게 피해를 주는 유여서도 안 된다. 즉, 내가 산정한 손실의 범주는 일상생활을 불가능하게 해서는 안 되는 것에 한했다.

작가에 이것을 대입해 보며 손실에 대해서 구체적으로 생각해 보았다.

첫째, 작가가 되지 못했을 때 잃게 되는 것들.

일단 시간과 개인적 노력.

쓰려면 무엇을 쓸지에 대해 궁리를 해야 한다. 그리고 관련 자료를 찾아야 한다. 사색을 하면서 몇 번이나 쓰고 고치고 지우고를 해야 한다. 시간과 노력이 들어간다. 이런 손실은 괜찮다. 얼마든지 생활 속에서 조절이 가능하다. 조절이 가능하기에 생계를 위협하지 않는다.

시간과 노력이 너무 많이 들어서 내 생활에 피해를 주는가?

아니다. 시간을 많이 잡아먹을 것 같으면 천천히 쓰면 된다. 생계를 위해 시간이 많이 없다면 자투리 시간을 활용할 수 있다. 아프면 쉬엄쉬엄하면 된다. 완급을 조정할 수 있고 강약과 규모를 조절할 수 있다.

둘째, 책을 내고 망했을 때 잃게 되는 것은 무엇일까? 손실이 무엇일까?

개미 눈물만 한 명성 정도겠다. 내 생각과 삶, 이 사적인 영역을 공개했다. 아무도 모르던 '내'가 세상에 나오게 되었다. 팔리지 않는 작가가 되면? 조금 내 이미지에 상처를 입을 뿐이다. 조금 창피할 뿐이다. 그 와중에 내 책이 비난이나 비판을 받게 된다면? 티끌만 한 마상(마음의 상처) 정도를 입을 것 같다.

유명인도 책을 냈다가 망하기도 한다. 그래 봤자 흑역사로 웃고 넘어간다. 유명인도 아닌 내가 책을 낸다고 손상될 그 어떤 이미지나 명성은 없다. 설령 유명인인데 책이 망한다 해도 별거 없다. 오히려 명철한 본인의 생각을 써서 냈다면 비록 책은 망했어도 팬은 더 생길지도 모른다.

나에게 실망하여 친구들이 떠나갈 것 같다고? 그건 잘된 것이다. 진짜 지인은 남아서 보잘것없고 손가락질 받는 나를 안아 줄 테니까. 결국 개인이 잃을 것은 없다.

비용. 자비출판 또는 반기획 출판을 하게 될 경우를 생각해 보았다. 최소 출판을 한다면 사람마다 기준이 다르겠지만 생계의 위협 없이 가능하다. 돈이 없다면 두어 달 정도 풀타임 알바를 하면 된다. 그 정도 비용이면 자비 출판을 할 수 있다. 물론 천차만별이니 이 부분은 개인이 잘 알아보아야 한다. 작업 수준에 따라 1000만 원 이상 들어가는 경우도 있을 것이다.

자가 출판 플랫폼인 숨고나 부크크를 이용하면 돈을 들이지 않거나 매우 적은 돈으로 출판을 할 수 있다. 단, 이럴 경우 POD(Print-On-Demand) 출판이기 때문에 온라인 서점으로만 판매가 가능하다. 종이책으로 서점에 유통되지는 않는다.

결국 책 쓰기, 작가가 되는 것은 가장 안전한 투자라고 판단했다. 게다가 출판이 되면 '작가'로 네임드가 된다. 그 네임 밸류를 이용해 가지를 뻗어 할 수 있는 일도 많아진다. 예컨대 삼성전자 주식을 샀더니 주주도 되고, 배당도 받고, 대접도 받는 셈이다.

작가가 되는 것은 가장 안전하고 의미도 있는 투자이다. 그래서 나는 작가가 되기로 했다.

실패해도 남는 장사

내가 투자할 때 꼭 지키는 원칙이 있다. '뭐라도 남아야 된다.'가 그것이다.

주식 붐이 불었을 때 주식에 정말 개미 손톱만큼 투자를 해 보았다. 나에게 주식이란 관심도 없고 어려운 것이었다. 주식 붐이어서 여기저기서 잘된다니 팔랑귀로 '묻지 마 투자'를 했다. 마이너스가 철철 났다. 속이 쓰렸지만 넘어갈 수 있었다. 워낙 금액도 적었고, 들어간 노력도 매수, 매도 밖에 없었으니까. 미수 같은 것은 몰라서 아예 하지 않았으니 넣었던 돈만 거의 다 잃고 끝났다.

여전히 차트는 잘 볼 줄 모른다. 그래도 주식이 무엇인가, 어떻게 하는가와 같은 기초 지식을 쌓았다. 어디 가서 주식 얘기에 끼어들 수 있는 정도까지는 되고 끝났다.

부동산은 어떨까. 건물을 사면 값이 떨어져도 건물은 남는다. 땅을 사서 똥값이 되도 어찌되었든 땅은 남는다. 비록 눈물 젖은 땅이라 할지라도…. 나도 집값 때문에 내 속이 속이 아닌 적이 있었지만 어쨌든 집은 남아 있다는 것이 상당한 위안이 되었다.

'공부'라는 투자가 있다. 열심히 공부해서 시험을 본다. 시험에 뚝 떨어진다. 그래도 공부한 것이 머릿속에 남아 있다. 공부한 지식을 요기조기 써먹을 수 있다. 아는 척도 하고 잘난 척도 한다. 공무원이 되겠다고 어쭙잖게 공부를 한 적이 있다. 뚝 떨어지고 부모님 뵐 낯이 없었다. 그러나 나중에 공부한 지식 덕분에 손해를 볼 뻔했던 일이 잘 넘어간 적이 있다.

온라인 셀링도 해 보다가 그만두었다. 이유는 힘들고 수익도 안 나서였다. 그러나 시스템을 다루는 법을 알았고, 장사 경험이 남았고, 물건이 남았다. 남은 물건은 지인들에게 선물로 막 돌렸다. 지인들이 고마워했고 커피도 사 주고 밥도 사 주었다. 인심도 남았다. 실패를 해도 유형이든 무형이든 남긴 남았다.

작가는 무엇이 남을까? 빨리 쓰면 3개월이면 책을 쓴다.

3개월을 투자하면 내 책이 남는다. 3개월을 잉태해서 세상에 내어 놓은 금쪽같은 내 자식인 '내 책'이 남는다. 시간과 노력을 투자해서 작가가 되었는데 팔리지 않거나 출판사가 망한다면? 작가라는 타이틀이 남는다. 작가라는 타이틀로 강의를 하든, 유튜브를 하든 먹고 살 길이 남는다. 제대로 남는 투자이다. 실패해도 남는 장사가 된다.

인생에서 투자할 때는 '꼭 (무언가) 남는 장사'를 해야 한다.

작가는 남는 장사이다. 아무리 따져 봐도 투자할 것은 개인의 시간과 노력이다. 충분히 낼 수 있는 기회비용이다.

퍼스널 브랜딩의 최강자

A 제품과 B 제품이 있다. A 제품은 시장에 나가자마자 돈을 긁어모은다. 너무너무 잘 팔린다. B 제품은 동일한 구성인데도 파리가 날린다. 왜 그럴까? 이유 중 하나는 '브랜드'이다. 브랜드는 사람들이 알아서 사 준

다. 명품 브랜드는 오픈런을 해 가면서도 사고 리셀링 제품도 줄을 서서 산다. 똑같은 재질로 만든 보세 가방이 지하철 상가에 있다. 가게 아저씨가 정말 질 좋은 제품이라고 큰 소리로 외쳐도 잘 팔리지 않는다. 브랜딩이 된 제품과 노브랜딩 제품은 이렇게 차이가 크다.

사람은 어떨까? 브랜딩이 된 사람과 안 된 사람. 어떤 사람이 세상이라는 시장에서 더 가치가 있을까? 당연히 브랜딩이 된 사람일 것이다.

나를 브랜딩하고 싶었다. 하지만 15년 전업주부는 브랜딩을 할 거리가 너무나 없었다. 마샤 스튜어트처럼 살림이라도 기똥차게 하면 살림의 여왕이라도 되어 볼 텐데 살림도 젬병이다. 빅마마 이혜정 씨처럼 요리라도 잘하면 요리라는 무기를 내세울 텐데 요알못인 게 한이었다.

세상에 나가면 유명해지는 것이 중요하다고 한다. 유명해지지면 돈과 명성이 따라온다고 한다. 유명해지면 자동으로 브랜딩이 되는 것이다. 그래서 연예인들이 유명해지려고 그토록 애를 쓰는 것이다. 세상이라는 싸움터에 나가면서 맨몸으로 나가서는 안 된다. 칼이 없으면 무우라도 들고 나서야 된다. 하지만 아무 무기도 없이 퍼스널 브랜딩을 할 수는 없다. 브랜딩을 하기 위해서는 '한 분야'가 필요하다.

기업에는 한 분야에 특화된 잘나가는 제품이 있다. 부동산을 한다 해도 아파트냐, 상가냐, 임대냐 등 특화된 자신만의 분야가 있다. 주식이라면 국내 주식이냐 해외 주식이냐 선물이냐의 파트가 있다. 자신이 가진 가장 좋은 한 가지 무기를 얼마나 효율적으로 이용해 자신을 세상에 알리냐가 브랜딩의 시작이다. 그 분야에서 '내'가 얼마나 효율적이고 가치 있는 사람인지를 알리는 것이었다.

여러 가지 일을 해 보았다. 재미도 보았고 눈물도 삼켰다. 하지만 '나'를 브랜딩하지 못하니 일정 수준 이상으로 나아가지 못했다. 내가 만약 (연예인처럼) 특별한 재능이 있었다면 벌써 그 일을 토대로 나를 브랜딩했을 것이다. 그렇지만 나는 그게 없었다. 그래도 '퍼스널 브랜딩'이 하고 싶었다. 그래서 작가가 되는 것이 필요해졌다. 나 같이 퍼스널 브랜딩을 하고 싶거나, 해야 하는 사람들. 그러나 밑천이 없는 사람들. 그럴 때 '작가'가 되어야 한다.

작가가 되면 브랜딩이 된다. 작가가 되었다는 것은 작가로 브랜딩이 된다는 것이다. 게다가 작가 브랜드는 퀄리티도 상당히 좋다. 매력 만점이다. 작가로 브랜딩이 된 사람들은 정말 많다. 그중 원래 직업은 일러스트레이터였다가 인스타그램에 올리는 글이 좋아서 작가가 된 케이스도 있다. 바로 완글의 '하완' 작가이다. 작가로 브랜딩이 되면서 유명해진 케이스이다.

인생 역전도 성공 스토리도! 오를 수 있는 사다리

『해리포터』 수준의 베스트셀러, 스테디셀러 책이라면 도서 판매량 자체로 인생 역전을 할 수 있다. 그 정도는 아니어도 베스트셀러가 되면 성공의 사다리를 오를 수 있게 된다. 그러나 베스트셀러 작가가 못 되어도 자신의 이름으로 된 책을 낸다면 그로 인한 여러 가지 기회를 얻을 수 있다.

온라인 1인 기업 대표님이 있다. SNS, 카페, 인스타그램 강의 및 컨설팅 등의 사업을 운영하고 있다. 대표님이 말씀하시길 본인이 더욱 날개를 달 수 있었던 것은 자신의 책을 쓰고 나서라고 했다. 관련 책을 쓰고 나서 인지도가 높아지니 강의도 더 많이 할 수 있고 컨설팅도 많이 할 수 있게 되었다고 했다. 몸값이 높아진 건 두말할 것도 없다.

책을 써서 작가가 되면 도서 판매 자체로 베스트셀러 작가가 되는 영광을 누릴 수도 있다. 그렇지 않아도 다른 수많은 기회의 문들이 열린다. 다른 기회들을 자신이 가진 지식과 재능을 이용해 어떻게 잘 활용하느냐가 인생 역전의 키포인트가 될 수 있다.

슈퍼주니어의 김희철은 2006년 교통사고를 크게 당해 왼쪽 다리에 심각한 부상을 입었다. 그 후유증으로 댄스 가수는 할 수 없게 되었다. 김희철은 은퇴했을까? 아니다. 김희철은 자신의 예능감을 살려 예능 분야에서 활발하게 활동 중이다. 노래 한 소절만 들어도 어떤 노래인지 척척 알아맞히는 음악 지식은 〈이십세기 힛-트쏭〉이 김희철의 프로그램임을 증명한다. 〈아는 형님〉에서는 과거 댄스들을 기가 막히게 복기하는 모습을 보여 주었다. 〈미운우리새끼〉에서는 허당 희철의 또 다른 매력을 보여 주었다. 의지와 열정 거기에 예능감과 지식이 없다면 아무리 가수로 이름을 날렸어도 위기에 대응하지 못했을 것이다. 가수가 되어 문을 열었고 (사고에 의한 것이었지만) 다른 재능을 십분 활용해 예능계에서도 스타가 된 것이다.

작가도 마찬가지이다. '책을 써서 출판하여 나를 알렸다.'로 끝나면 인생 역전이니 성공이니 하는 것과는 멀어질 것이다. 책으로 데뷔하고 다른 기회를 잡는 것이다. 하지만 그 모든 것을 가능케 해 주는 포인트는 무엇보다 '작가'가 되어야 하는 것이다.

작가가 되어 '문'을 열고 그 문 뒤에 있는 많은 기회들을 잡는 것. 이것이 앞만 보고 달려드는 것이 아닌 2수, 3수까지를 보고 두는 수인 것이다. 책을 써서 나를 알리고 브랜딩하는 것이 첫째. 다음에 오는 기회들을 잡는 것이 둘째이다.

책 쓰기 좋은 시대이다. 이런 시대에 인생을 바꾸어 보고 싶다면, 작가가 되는 것이 현실적으로 좋은 길임이 분명하다. 책 쓰기로 인생 역전을 할 수 있는 기회의 문을 꼭 열길 바란다. 이건 나에게도 또 책을 쓰고자 하는 당신에게도 하는 말이다.

나의 가치는 어디에 있을까?

음악을 만들 때 가이드 송을 부르는 가수들이 있다. 또는 코러스나 얼굴 없는 가수들이 있다. 음색을 들어 보면 일류 가수들 못지않거나 오히려 뛰어나기도 하다. 그러나 일류 가수들에 비해 상당히 낮은 대우를 받는다. 이유는 간단하다. 인지도가 없기 때문이다. 가수로서의 이름값 때문이다. 일류가수는 음악성이 낮아도 높은 비용을 받는다. 이름이 알려진 가수로서의 가치가 높기 때문이다. 목소리에 값을 지불하는 것이 아니고 가수의 인지도에 값을 지불하는 것이다. 위에서 말한 브랜딩과 비슷하다.

작가가 되는 건 '나'라는 인간의 가치를 높이는 일이다. 가치가 있어야 살아남는다. 가치가 없는 것은 물건도 버려진다. 인간도 마찬가지이다. 가치 없는 인간은 세상에서 살아남을 수 없다.

나도 내 밥그릇의 가치를 해야겠다고 생각했다. 그래서 이런 일, 저런 일을 벌려 보았다. 나와 맞지 않는 것 같아도 막 해 보았다. 결국 그건 내 가치를 올리는 일들이 아니었다. 같이 시작해서 다른 이가 잘되는 경우들이 있었다. 그런 일들은 내가 아닌 그 사람들에게 가치를 가져다주는 일이었다. 내가 가치 있어지는 일이 나에게 맞는 일이다. 사람은 최소한 한 가지의 재능은 있다고 한다. 그 재능이 자신의 가치이다.

나에게는 책과 글이 있었다. 너무 오랫동안 몰라봤었다. 그래서 등잔 밑이 어둡다고 하나 보다. 지금 후회하는 것은 훨씬 더 젊었을 때 적극적으로 노력해 보지 않은 것이다. 진작 작가가 되려고 해 볼걸 하고 후회한다. 하지만 그때는 '내가 할 수 있을 것'이라는 생각을 못 했다. 방법도 몰랐고 나 같은 평범한 사람이 책을 쓴다는 자체가 어불성설이라고 생각했다. 하지만 이제 대중 책 쓰기의 시대가 왔다. 조금 늦은 감이 있지만 지금이라도 나는 작가를 나의 가치로 삼기로 했다.

나의 가치는 나 스스로 증명해야 한다. 우리는 제갈공명이 아니다. 누군가 찾아와서 세상에 나를 나타내어 달라고 삼고초려를 할 일은 절대 없다. 오히려 내가 출판사에 찾아가 삼고초려를 해야 한다. 나 좀 세상에 내놓아 달라고.

작가는 쉬운 일이 아니다. 가치 있는 작가가 되는 것은 더더욱 쉽지 않다. 그래도 충분히 도전해 볼 만한 일이다.

나도 작가가 되기로 했다

스무 살 시절 작가가 되고 싶을 때는 그냥 무식하게 계속 하다 보면 될 거라고 생각했다.

일단 공모전을 활용했다. 각종 공모전에 몇 번 넣어 보았다. 되고도 하지 않고 응모한 적도 있다. 넣는 족족 떨어졌다. 응모에 의의를 두었다. 그것도 엄청 대단한 일이었다. 끝까지 쓰려면 보통 의지가 있어야 하는 게 아니었다. 힘들었다.

공모전은 분량과 형식이 정해져 있다, 글이 아무리 뛰어나도 정해진 틀에 맞지 않으면 탈락이다. 소설을 모집하는 데 수필을 넣으면 안 된다. 그 맞추어서 글을 써야 한다. 게다가 공모전의 성격상 경쟁은 필수다. 몇 개

내 보지도 않았는데 상당히 스트레스를 받았다. 중간에 쓰다가 그만둔 주제들도 많았다. 시간도 엄청나게 걸렸다. 결과는 전부 탈락이었다. 그러나 공모전에 응모해 본 경험은 나에게 소중한 자산이 되어 주었다. 작품 한 편을 끝까지 써서 응모를 해 보는 것은 글 실력 향상에 큰 도움이 되었다. 그렇지만 응모를 하면서 점차 글쓰기에 신물이 났다. 결과가 없으니 흥미도 떨어졌다. 점차 손을 놓게 되었다. 그러면서 작가의 꿈도 희미해졌다.

다른 일에 눈을 돌려서 이런저런 일들을 해 보았다. 성과가 좋은 일도 있었고 망한 일도 있었다. 나이가 들어가니 초조해졌다. 많은 일을 짧은 시간에 감당하려고 했다. 자신을 너무 쓴 탓에 건강이 나빠지기도 했다. 탈이 난 몸을 다스리겠다고 운동도 하고 식이요법도 했다. 그것마저 천천히 하지 않고 무리해서 했더니 안 하니만 못한 결과를 얻었다. 몸이 나빠지자 많이 쉬게 되었고 그 시간에 사색을 많이 하게 되었다. 나는 과연 무엇을 하고 싶을까를 가장 많이 생각했다. 이 세상에서 직업을 단 하나만 가질 수 있다면 무슨 일을 할까를 고찰했다. 책도 많이 읽고 영상도 많이 보았다.

스스로 질문을 해 보았다. 내가 정말 하고 싶은 일은 뭐지? 평생 못 해 봐서 가장 후회할 일은 무엇일까? 메모를 해 가며 생각했다. 휴대하기 편한 노트와 펜을 샀다. 핸드폰도 좋지만 노트가 넘겨 보면서 생각하기 더 편했다. 쓰면서 뇌가 정리되었다. 계속 질문을 했다. 답은 나에게 중요한 일이었다.

'내가 만약 죽는다면 무엇을 해 보지 않은 것을 가장 후회할까?'

여러 가지 것들이 나왔는데 가장 마음을 끄는 것이 있었다. 바로 '작가'였다. 여전히 내 마음을 울리는 것이 있었구나! 작가가 한 번 되어 보지 않으면, 늙어서도 죽어서도 두고두고 후회할 것 같았다.

그래서 작가가 되기로 했다.

2부

글쓰기는 이렇게

1. 작가의 시작, 글쓰기

읽기와 쓰기는 다르다

글을 읽는 것과 글을 쓰는 것은 아주 다른 일이다. 예전에는 그것의 차이점을 잘 몰랐다. 즉, 잘 읽으면 잘 쓸 수 있다고 생각했다. 둘은 뇌의 아주 다른 영역이 움직인다.

쓰기보다 읽기는 훨씬 편하다. 읽기는 태생적으로 '수동적'이다. 반면 쓰기는 '능동적'이다. 물론 읽기도 능동적으로 하는 방법들이 많다. 그러나 쓰기는 그 자체가 능동의 성격을 갖고 있기 때문에 '씀'으로서 더 많이 배우고 자기 것으로 더 잘 소화할 수 있다. 예를 들어 공부할 때, 가장 잘 기억하고 소화하려면 어떻게 하는 것이 좋을까? 답은 내가 공부한 것을 누군가에게 가르쳐 보는 것이다. 수동적 공부를 능동적 티칭(Teaching)이라는 행위를 통해서 소화하는 것이다. 해 본 사람은 알 것이다. 가르치는 것이 배우는 것보다 훨씬 어려운 것임을.

완벽하게 소화한 지식에 티칭 스킬이 있어야 누군가를 가르칠 수 있다. 선생님이 머릿속에 넣어 주는, 밥을 떠먹여 주는 것이 아니다. 숟가락과

젓가락을 쥐는 법을 익혀서 밥과 반찬을 남에게 떠먹여 주는 것이 가르치는 행위이다. 쓰기도 그렇다. 적극적이고 능동적이다.

한국 학생들이 외국에 나가 공부할 때 가장 어려워하는 분야가 논술과 토론이라고 한다. 한국에서는 해 본 적이 거의 없는 일이라서 그렇다. 자기 생각을 글로 또 말로, 그것도 논리적으로 표현하는 것이 그렇게 어렵고 스트레스라고 한다. 쓰기의 능동적 성격 때문이다.

게다가 쓰기에는 기술이 필요하다. 낙서가 아니기 때문이다. 그래서 쉽지 않다. 흔히 보는 신문 기사나 가벼운 에세이도 기술을 가지고 쓴 것이다. 타인이 봤을 때 이해할 수 있는 기술, 웃기고 울리고 싶은 포인트에서 감정이 올라오게 하는 기술. 강조하고 싶은 부분을 더 와닿게 하는 기술. 이런 기술들은 쓰고, 쓰고 또 써야 길러진다.

아이가 일곱 살 정도 되었을 때 한글을 가르친 적이 있다. 그때 머리에서 스팀이 펄펄 났다. 'ㄱ'을 가르치면 'ㄴ'을 까먹고, 'ㅏ'와 'ㅑ'를 구분하지 못 하고… 화병이 날 뻔했다. 엄마가 아니라 아이들을 가르치는 기술을 가진 선생님이 가르쳐야 함을 몸소 느꼈다.

가르치는 것만 기술일까? 쓰는 것도 기술이다. 아이는 어느덧 한글을 떼었고, 일기 같은 작문을 봐 주었다. 그때는 두 배로 더 스팀이 팍팍 올라왔다. 앞뒤도 안 맞고, 맞춤법도 안 맞고. 내용은 그야말로 밑도 끝도 없는 글이기 때문이었다. 그것을 똑바로 된 문장으로 바꾸는 법을 가르치는 것이 얼마나 어렵던지…. 아이가 의식의 흐름대로 괴발개발 쓴 글은 도무지 무슨 이야기인지 알 수가 없는 경우가 많았다. 얘가 과연 제대로 된 글을 쓰게 될 날이 올까 싶었다. 그런데 웬걸, 초등학교를 졸업할 무렵에 쓴 작문을 보면 꽤 괜찮다. 초등 6년, 학교에서만 글쓰기 훈련을 해도 사람이 이해할 수 있는 글은 써내는 것이다.

다만 읽기와 쓰기는 공생의 관계이다. 읽기를 많이 하면 쓰기도 좋아진다. 그러나 둘은 성격이 매우 다르므로 쓰기는 꼭 쓰기 훈련을 해야 실력이 는다. 입력인 읽기와 출력인 쓰기. 다르지만 같은 함께 가는 관계이다. 그래서 작가가 되려면 글쓰기 연습은 하루에 5분이라도 좋으니 꼭 해야 한다.

글쓰기는 여러 종류가 있다

글쓰기를 크게 나누어 보면 두 가지로 나뉜다. 논리적 글쓰기와 문학적 글쓰기이다.

논리적 글쓰기는 비즈니스를 위한 글을 쓰거나 대입 논술, 신문 기사 등을 작성하는 글쓰기이다. 객관적 정보 전달과 논리력이 주된 글들이다. 감정적 영역을 빼고 쓰는 글이다. 주장이 있고 그 주장을 뒷받침하는 논리를 보여 주는 글이다. 우리가 흔히 보는 논설문, 기사 등이 포함된다. 논리를 펼치는 것은 사고의 능력이다. 사고력이 많이 필요한 분야이다.

'자신의 주장이 왜 옳은지, 왜 받아들여져야 하는지를 이해할 수 있게 설명할 것.' 이것이 포인트이다.

쓰는 사람의 주장을 이해할 수 있게 하는 것이 논리적인 글이다. 그래서 상당한 지력이 있어야 쓸 수 있다. 어린아이가 생떼를 쓰듯이 "내 말이 맞아!!"라고 할 수 없기 때문이다. 논리력, 높은 지적 능력이 있을 때 원활하게 쓸 수 있다.

다음으로는 문학적 글쓰기이다. 소설, 시, 시나리오와 같은 글을 말한다. 창작의 요소가 강하다. 비논리적이어도 크게 문제 되지 않는다. 주관적이고 정서적인 글들, 감정이나 생각을 자유롭게 표현하는 글들이 여기에 속한다. 글짓기에 가깝다고 할 수 있다. 그렇다고 무논리는 아니다. 상상에도 나름 논리가 있다. 앞뒤가 맞고 설정이 맞아야 된다. 역시 지력이 필요하다. 그래도 논리보다는 스토리에 더 주안점을 두고 쓰는 글이다. 논리적 글쓰기보다 글의 표현력과 유려함, 스토리 구성 능력과 같은 것들이 필요하다.

글쓰기에서 굳이 둘을 나누지 않아도 된다. 결국 글을 잘 쓰는 것은 모든 요소가 복합적으로 작용하기 때문이다. 하지만 어느 정도 글의 분위기를 건드리기는 한다. 좋아하는 대하소설 중 하나인 『바람과 함께 사라지다』의 지은이인 마거릿 미첼은 《애틀란타 저널》이라는 신문사의 기자로 일했다. 그래서인지 소설을 읽어 보면 문체가 나긋나긋하진 않다.

글쓰기는 분야가 나누어 있다는 것을 알면 된다. 그래서 책을 쓸 때 본인이 내는 책의 주제와 맞는 글쓰기 유형에 더 힘을 실어 쓰면 좋다. 누구도 소설에서 딱딱한 신문 기사와 같은 글을 보고 싶진 않을 테니까.

필사를 하면 글쓰기의 수준이 높아진다

글을 한 번도 써 보지 않았고, 글재주도 없다고 생각할 때 좋은 방법이 있다. 바로 필사이다.

내가 한 최초의 필사는 성경책이었다. 얼마나 지루하던지…. 사람이 글을 쓰다 잘 수도 있다는 것을 처음 알았다. 재미있는 것은 한창 성경 필사를 할 때는 내 글투가 고풍스러웠다는 점이다. 성경의 고어체가 그대로 나에게 영향을 미친 것이다. 그 이후로 통필사는 하지 않는다. 마음에 드는 책이 있을 때 문장들을 메모하거나 필사해서 저장해 둔다. 그때마다 작가의 문체로 글을 쓰게 된다. 작가의 영향력이 짧은 글을 베껴 쓰는데도 영향을 끼치는 것이다.

필사는 그냥 책을 읽는 것보다 훨씬 많은 배움을 준다. 작가의 지성과 글솜씨를 배운다. 몰라보게 문장력이 길러진다. 글을 쓰기 어렵다면 필사부터 해 보길 권한다. 재미있는 책 필사도 해 보고, 논리적이고 어려운 책 필사도 해 본다. 쓰다 보면 작가와 닮는다. 작가의 메시지도 더 잘 이해할 수 있다. 글쓰기 실력을 늘리고 싶다면 필사는 좋은 방법이 된다.

필사는 능동적 책 읽기의 한 종류이다. 필사하면 더 기억에 잘 남고, 오래 남고, 자연스럽게 문장 쓰는 법을 익힐 수 있다.

※ 이런 단순 필사도 그런데 작가가 되기 위해 책을 써 본다는 건 정말 큰 개인의 성장을 이끌어 낼 수 있다.

큐레이션

큐레이터라는 직업이 있다. 박물관이나 미술관에서 전시된 작품에 대해 설명을 해 주는 사람을 말한다. 미술관은 미술 큐레이터, 책은 북 큐레이터. 이런 식이다. 작품에 대해 해박한 지식을 가지고 그것을 짜임새 있게 설명을 하는 것인데, 거기에 자신만의 견해가 들어가기도 한다.

원래 큐레이터는 큐레이션이라는 말에서 왔다. 사전적 의미는 이렇다.

> 큐레이션(Curation): 여러 정보를 수집, 선별하고 이에 새로운 가치를 부여해 전파하는 것을 말함. 본래 미술 작품이나 예술 작품의 수집과 보존, 전시하는 일을 지칭하였으나 최근 더 넓게 쓰임. (네이버 국어사전)

글쓰기도 큐레이션을 할 수 있다. 큐레이션 글쓰기를 하면 글 실력도 많이 늘고 사고의 깊이도 깊어진다.

나는 책이나 글을 큐레이션하는 것을 좋아한다. 책을 읽고 그 책에 대한 여러 견해를 수집해 본다. 그리고 거기에 나의 생각과 느낌을 더해서 글을 써 보는 것이다. 간단히 말해 '책에 대한 다양한 정보 모음 + 독후감' 이런 것이라고나 할까.

큐레이션을 해 보면 상당히 재미있다. 우선 관심이 많은 주제를 큐레이션한다. 예를 들어 부동산에 관심이 많으면 부동산 책을 보면서 저자의 논점을 요약해 두고 거기에 자신의 생각과 느낌 등을 정리해 보는 것이다.

미술사에 관심이 많다면 여러 미술책을 보고 여러 가지 견해와 글들을 수집한다. 꼼꼼히 읽어 보고 메모한다. 역사적 사건이 맞물려 있다면 해당 역사를 찾아서 스토리를 알아보고 정리해 본다. 그리고 거기에 나의 생각과 견해, 감정들을 정리해서 글로 써 보는 것이다.

관심 있거나 좋아하는 주제에 대해서 큐레이션을 해 보면 재미도 있지만 박식해진다. 글솜씨도 상당히 는다. 책 큐레이션이 좋은 것은 책 한 권, 한 권을 뼛속까지 파악해 볼 수 있다는 점이다.

책 비평을 찾아보면 나와 상반되거나 몰랐던 관점들도 알 수 있다. 나는 이 책을 빨강이라고 생각했는데 다른 사람에겐 노랑일 수 있다. 어떤 책에 대해 내가 미처 생각지 못했던 다른 사람의 깊이 있는 통찰을 알 수도 있다. 그것을 글로 표현하다보면 생각의 깊이와 넓이가 몰라보게 확장되고 글 솜씨도 무척 좋아진다.

팀 페리스의 『타이탄의 도구들』이라는 책을 큐레이션해 보았다. 사실 SNS 온라인 컨텐츠로 만들어 보려고 한 것이었다. 그런데 큐레이션을 하면서 얻은 지식과 정보, 아이디어와 영감이 너무 많았다. 콘텐츠 제작은 집어치우고 큐레이션만 했다. 『타이탄의 도구들』에 대한 여러 가지 글들과 영상들도 찾아보았다. 내가 미쳐 생각해 보지 못한 부분에 대해 많은 지식을 얻을 수 있었다. 팀 페리스의 글을 메모하면서 나의 글쓰기 실력이 향상된 것은 플러스알파였다. (물론 번역가님의 솜씨이다.)

큐레이션은 이렇게 작가의 경험과 통찰을 씹어 먹어 볼 수 있다. 메모나 필사를 통해 따라 쓰기까지 한다면 글쓰기 실력의 향상은 정말 보장할 수 있다.

수준 높고 좋은 책 한 권을 뼈까지 씹어 먹어 보는 것. 큐레이션의 꽃이다. 절대 시간 낭비가 아니다. 어쩌면 책을 쓴 작가보다 더 많은 통찰을 얻어 갈 수도 있다.

자서전 써 보기

자서전을 써 본다. 어떤 생각이 드는지?

부끄럽기도 하고 거부감이 들기도 하고 재미있기도 할 것이다.

막상 써 보면 자신의 인생 이야기인데 의외로 명확하게 기억나지 않는다. 충격적이거나 인상이 깊어서 '평생 못 잊을 거야.' 했던 일들도 글로 쓰려면 희미하다. '내' 인생인데도 막상 글로 써 보려고 하면 '뭐였지?', '그래서 어떻게 됐더라?' 싶은 부분이 참 많다. 그저 느낌으로만 남아 있기도 하다. ('그 애 미웠어. 그런데 왜 미웠지?')

자서전 쓰기는 글쓰기 실력도 올려 주지만 기억력 재생에도 좋다. 심리적으로도 많이 도움이 된다. 스스로를 돌아보는 일이라 개인적인 소장 가치도 있다.

사람은 누구나 '자신'에게 가장 큰 관심이 있다. 사랑하는 사람에게 관심이 더 많을 것 같지만 아니다. 그 사랑하는 사람을 사랑하고 있는 '나'에게 가장 관심이 많다. 결국 나 자신이 내가 가장 많은 관심을 갖는 대상(사물)인 것이다.

즉, 내가 가장 잘 알고 가장 재미있어 하는 소재. 그건 바로 '나'라는 소재이다. 그래서 자서전을 써 보면 집중력이 올라간다. '그때 그 사건의 그 아이 누구였지? 그 아이 이름은 뭐였지? 왜 헤어졌지? 헤어질 때 내가 찼다고 생각했는데 되짚어 보니 차였던 거군….' 하는 식이다.

기억이 의미를 가지고 재구성되기도 하고, 잘못했던 일들을 뉘우치기도 하고, 옛일이 그립기도 하고, 먼 과거의 일인데 그때 느꼈던 행복한 감정이 되살아나기도 한다. 그냥 기억으로만 하면 선명하지가 않다. 글로 써 보았을 때 비로소 명확히 이미지가 되어 스스로의 과거가 보인다. 문자의 명확함이 주는 혜택인 것이다.

꼭 무슨 거창한 인물이어야 자서전을 쓸 수 있는 것은 아니다. 내 인생의 주인공은 나니까.

태어나서 지금까지의 일을 기록처럼 쓰지 않아도 된다. 물론 그렇게 타임라인을 쭉 써 보는 것도 좋다. 인생이 정리가 되는 느낌이다. 인생의 찬란했던 한 시절이나, 가장 아팠던, 고통스러웠던 이야기나, 고난의 극복기같이 기억에 남는 한 부분의 이야기만이라도 써 보면 좋다.

자서전을 씀으로서 스스로를 돌아보는 계기도 되고 글쓰기 실력도 늘릴 수 있으니 1석 2조이다.

* Tips

어디서부터 시작을 해야 할지 모르겠다면 어린 시절부터 시간의 흐름에 따라 써 본다.

몇 살 때는 무엇을 했고, 몇 살 때 무엇이 즐거웠고, 어떤 사건은 상처였고, 왜 상처였는지. 어릴 때 무엇으로 칭찬받았고, 뭘 할 때 즐거웠으며, 무엇이 나를 행복하게 했는지. 어릴 때 꿈은 뭐였고, 해 보고 싶었던 것은 무엇이었는지 등.

쓰다 보면 내 재능이 무엇이었는지, 글쓰기라면 어떤 글쓰기가 내 재능인지를 알게 되기도 한다.

생활 글쓰기 중 최고는 일기 쓰기

아무도 보지 않는 일기장에 모든 감정을 담는 것이 얼마나 큰 마음공부이자 성장인지 모른다. 일기는 소박한 모양이지만 그 대단함은 타의 추종을 불허한다. 단순 일상의 기록이지만 꾸준히 글을 쓴다는 것은 사람을 성장시키기 때문이다.

성인이 된 후 잠깐이지만 일기를 썼었다. 기록으로서의 일기를 썼다. 그때 는 '이렇게 몇 줄 쓰는 일기지만 내가 늙어서 보면 재밌을 거야.'라는 생각으로 썼다. 바쁜 일상생활에 자기 전에 쓰려니 피곤해서 얼마 못 가 그만두어 버렸다. 오래가진 못했지만 오랫동안 기억할 만큼 내가 한 일 중에서 괜찮은 일이었다. 나를 더 잘 알게 되었고, 나의 여러 가지 인간관계를 많이 들여다볼 수 있었다.

누구든 자기 이야기만큼 흥미 있고 재미있는 이야기는 없다. 남의 이야기가 재밌는 건 사실, 아침 드라마의 막장 이야기 정도가 아닐까. 아무리 좋은 이야기도 감동의 이야기도 '나'의 어떤 부분과 연관이 없다면 흥미는 떨어진다.

그래서 일기는 '나'에게 가치 있는 기록이다. 일기를 쓰면서 기억력도 좋아졌고 (하루를 기억하려고 애쓰니까) 문장력도 좋아졌고, 마음의 힐링도 되었다. 일기를 쓰는 시간이 즐거워지기까지 했다. 길게 쓰지도 않았다. 어쩔 때는 한두 문장으로 끝내기도 했다. 그야말로 기록이었다. 생활에 쫓기고 강제성도 없고 하니 그만두어 버렸지만 지금 생각하면 참 아쉬운 것이 일기쓰기이다. 습관이 들었다면 더 좋았을 뻔 했다. 습관이 되었다면 아마 아직까지도 일기를 쓰고 있었을지 모른다. 아쉬운 일이다.

입으로 말하는 대신 손으로 쓴다

말하기는 쉽다. 그러나 말은 휘발성이 있다. 말로 하는 것은 다 날아가 버린다. 주워 담을 수도 없고 되돌릴 수도 없다.

글쓰기는 좀 더 어렵다. 그러나 글은 남는다. 기록의 성격이 있다. 수정의 성격도 있다. 잘못 쓴 글은 지워 버릴 수도 있고, 되돌릴 수도 있다.

말은 대상이 필요하다. 글은 대상이 없다. 굳이 대상을 찾는다면 글을 쓰는 빈 노트(컴퓨터의 한글이나 워드 용지)이다. 대상이 없다고 해서 쉽게 써지지는 않는다. 내가 내 생각을 쓰는 것인데도 그렇다. 빈 노트를 앞에 두고 있어 본 사람은 알 것이다. 이 한 장이 얼마나 크게 다가오는지를, 한 줄 쓰고 나면 얼마나 쓸 게 없는지를. 언제 책 한 권 분량을 다 쓰겠나 싶다. 얼마나 위축되는지는 모른다. 그러나 그렇게 차곡차곡 쓴 글이 사람을 성장시키고 작가로 만들어 줄 수 있다.

말은 몇 시간이고 수다를 떨 수 있다. 앞뒤가 맞지 않아도 된다. 이 얘기 했다가 저 얘기 하고, 중구난방 아무 상관없다. 그래서 수다는 즐겁다. 그냥 생각나는 대로, 즐거운 대로 의식의 흐름대로 떠든다. 즐겁게 듣고 맞장구 치고 또 떠들어 댄다. 수다는 스트레스 해소에 아주 좋다.

쓴다는 것은 기록이다. 남아서 기억된다. 생각을 해 가면서 써야 된다. 주제와 구성에 맞게 써야 한다. 그러기에 글쓰기는 말하기보다 어렵다. 그런데 쓰다 보면 이상하게 스트레스가 해소된다. 방법이 다를 뿐 표현하는 것이기 때문이다. 말하기와 쓰기의 공통점이기도 하다.

기록으로 남는다는 것. 쓰기의 무한한 장점이다. 작가가 되려는 사람에게는 좋은 자양분이다. 작가가 되지 않더라도 자신이 써 놓은 글들은 언제나 귀하다. 써 놓은 글들을 나중에 보면 정말 재밌다. 삶을 되돌아 볼 수 있어서, 삶을 추억할 수 있어서 좋다. 내가 죽은 후 가족이나 지인이 봐도 좋지 않을까 한다. 나를 잊지 않고 기억할 수 있으니까. 작가가 된다면 더 좋다. 자서전이어도 좋고, 에세이어도 좋다. 써 놓은 글은 날아가 버리지 않고 작가가 될 수 있게 해 준다.

쓰기는 상당히 귀찮은 활동

글을 쓰는 건 사실 되게 귀찮다. 읽는 것은 책 한 권만 달랑 있으면 된다. e북이면 스마트폰 하나만 있으면 된다. 글을 쓰려면 아날로그식으로 노트와 펜이 필요하거나 아니면 노트북(컴퓨터)이 있어야 된다. 글쓰기는 눈도 필요하고 손도 필요하고 평평한 공간도 필요하다. 그에 비해 읽기는 아주 편한 활동이다. 게다가 책을 읽는 것보다 쓰는 게 정신 소모가 더 크다.

쓰는 것은 무엇을 쓸까 고민도 해야 한다. 반면 읽기는 수필이나 에세이 같은 읽을거리라면 고민 없이 즐겁게 읽을 수 있다. 읽기는 정말 가볍다. 쓰는 건 참 무겁다. 정신을 차리고 써야 된다. 책을 내려면 더 그렇다. 상당한 정신 에너지를 필요로 하는 활동이다. 말도 못하게 귀찮다. 쓰기라는 자체가 스트레스가 될 수 있다.

글쓰기를 좋아하고 잘하는 사람이 많지 않다. 그래서 누구나 작가가 될 수 있는 시대지만 독서가보다 작가가 적은 것이다. 때문에 작가는 아직도 블루오션이다. 대다수의 사람들은 가벼운 읽기를 더 선호하기 때문이다. 무거운 쓰기에 도전하면 작가가 될 가능성이 높다. 귀찮음을 이긴 자는 작가라는 타이틀을 거머쥘 수 있다.

쓸 것이 없다

쓸 게 없다. 뭔가 떠오르지 않는다. 글감도 없는데. 주제도 없다. 경험도 없다. 작가가 되기엔 영감도 없고 능력도 없다. 없다, 없다, 없다…, 없다? 없다는 곧 '많다'이다.

없다는 것의 의미를 살펴보자. 없다는 것, 말 그대로 0, Zero이다. 반대로 많다 또는 무한에 대해서 생각해 보자. 무한은 사실 없는 것(Zero)과 마찬가지이다. 밤하늘의 별은 셀 수 없다. 너무 많기 때문이다. 없는 것과 무한은 어떤 의미에선 같다. 즉 쓸 것이 없다는 말은 쓸거리가 너무 많다는 뜻도 된다. 그래서 없다고 느낄 수 있다. 세상에 주제가 될 만한 것이 사실 너무 많다. 잘 알아채지 못하지만 글감으로 쓸 수 있는 경험들도 많을 것이다. 영감도 묻어 놓아서 그렇지 분명히 누구나 가지고 있다. 제로가 아닌 Too Much = ∞(무한대)이다. 그래서 없다고 생각하는 오류를 겪고 있는 것이다.

나도 소재가 없었다.(그렇게 생각했다.) 쓰고 싶은 것이 너무 많아서 오히려 없었다. 무엇 하나를 딱 선택할 수 없으니 없는 것이었다. 어떻게 정리하고 어떻게 결에 맞게 맞추어 써야 하는지도 몰랐다. 쓰다 만 글들이 노트북 폴더에 한가득이었다. 한 단어, 한두 줄짜리 아이디어 글들도 잔뜩 있었다. 이건 달리 말하면 없는 것과 마찬가지일 수 있다.

먼저 없다는 생각을 버려야 한다. 없는 것이 아니라 선택하지 못한 것뿐이다.

써 놓은 글들을 비슷한 유로 묶었다. 비슷한 글끼리는 모으고 잡글들은 따로 분류했다. 여기 글, 저기 글들을 더하고 빼고 나누었다. 괜찮은 글은 자료를 찾아 구체적 형태로 만들었다. 그 작업을 반복하면 카테고리가 만들어진다. 정리하다 보면 더 많이 쓴 카테고리가 보였다. 자신 있거나 잘 알거나 좋아하거나 관심 있는 분야의 글들이었다. 거기에서 글의 주제 또는 소재가 나오는 것이다. 무한대의 쓸거리들을 유한하게 좁히는 것이다. 그러면 내가 쓸 수 있는 (혹은 쓰고 싶은) 주제가 반드시 나오게 마련이다.

몰라도 쓰고 보자(Feat. 공부하며 쓴다)

쓸거리가 정말로 없으면 어떻게 할까. 소재가 없거나 주제가 없으면 글쓰기를 시작하기조차 어렵다. 내가 예전에 그랬다. 스스로 생각해도 멍청했다. 소재나 주제가 없다는 핑계로 쓰기를 하염없이 미루었으니까. 그래서 어영부영 세월만 보냈다.

작가가 되어 보기로 했을 때 지인과 소재, 주제가 없다는 이야기를 나눈 적이 있다. 그때 이런 조언을 들었다. “쓰면서 공부하는 거예요. 쓰면서, 배우면서 전문가가 되는 거예요. 모르면 공부하면서 쓰면 되지요.” 정말 와닿았다.

‘아! 그렇구나! 몰라도! 글감이 없어도! 쓰면서 공부하고 알아가는 거구나! 내가 공부하는 것을 쓰는 거구나!’

사람은 어떤 것을 공부할 때 그것을 가장 잘 기억하고 안다, 공부하고 있는 것을 다른 이에게 설명하라고 하면 꽤나 잘 설명할 수 있다. 공부한 지 오래된 것을 설명하라고 하면 기억조차 나지 않는다. 지금 공부하는 것을 쓰라면 어쨌든 설명이라도 읊을 수 있다.

쓰면서 공부하는 것이다. 모르지만 공부하면서 쓰는 것이다. 나도 이 책을 쓰면서 또한 작가를 공부하고 있다. 이 책을 쓰려고 글쓰기 책부터 책 쓰기 책까지 자료조사를 엄청 했다. 엄청 공부했다. 공부하면서 메모하고 글을 썼다. 그것이 이 책을 쓸 수 있는 자산이 되었다. 공부하다 보면 궁금증이 생긴다. 작가 공부를 할 때는 지금 독서 트렌드가 궁금했다. 관련 책을 읽고 베스트셀러들도 찾아보았다. 그러면서 쓸거리가 생기고 써 볼 만한 소재들도 보였다.

책 쓰기를 할 때 어느 정도 구상해 놓으라는 조언이 있다. 백 번 맞는 말이다. 그런데 나같이 망망대해에 있다면 일단 무조건 노부터 젓고 봐야 된다. 어디가 동서남북인지 따지다가는 바다 위에서 노 한 번 저어 보지 못하고 죽는다. 노를 젓다 보면 힘이 빠질 수 있다. 그래도 가다 보면 가야 할 길이 보인다. 잘못 가서 왔던 길을 되돌아가야 될지도 모른다. 그래도 최소한 노 젓기 스킬은 늘었을 것이다. 나중에 더 빨리 갈 수 있다.

막 쓰다가 지금까지 쓴 글들을 다 뒤집어엎어야 될 수도 있다. 너무 아깝고 포기하고 싶을지도 모른다. 그래도 두 번째 쓰는 글은 몰라보게 필력이 늘고 주제가 명확해졌음을 느낄 것이다. 거시적으로 보면 더 나은 글을 첫 책으로 세상에 내놓을 수 있는 것이다. 그러니 들인 시간과 노력을 너무 아까워하지 말아야 한다.

일단 쓰고 보자. 쓰면서 공부하는 것이다.

글쓰기는 습관으로 하는 게 제일 좋다

글쓰기는 시작하기가 쉽지 않고 누군가 강제하지 않으면 그만두기 쉽다. 끝까지 쓰기가 어렵다. 그럼 끝까지 쓰려면 어떻게 할까? 글쓰기를 지속적으로 하려면 어떻게 해야 할까?

우리는 대부분 아침에 일어나서 이를 닦고 세수를 한다. 점심에 이를 닦기도 한다. 저녁에도 이를 닦고 세수를 한다. 귀찮기 짝이 없는 일인데 왜 최소 하루 두 번 이상을 할까. 이가 썩으니까. 피부가 더러워지니까. 맞다. 건강상의 이유이다. 그런데 아이러니하게도 사람은 건강에 해로운 일도 매일 한다. 담배, 술, 카페인 과다 섭취, 단 것 잔뜩 먹기 등이 그렇다. 매일하는 일들이 단지 건강상의 이유로만 행해지는 것은 아니라는 것이다. 그렇다면 왜 건강한 일이건 귀찮은 일이건 나쁜 일이건 매일 하게 되는 것일까? 사람이 매일 무언가를 하는 것은 두 가지 이유 때문이다. 습관 또는 중독.

이 두 가지를 활용해서 나에게 이득이 되는 일을 하면 된다.

작가가 될 것을 결심하고는 매일 글을 쓰기로 했다. 처음엔 지키기가 어려웠다. 시간이 없는 것이 아니라 하기가 싫었다. 이걸 심리적 방어기제라고 한다. '지금의 나를 유지'하고 싶은 나의 에고가 '달라지려는 나'를 가로막는 것이다. 그것을 꺾는 방법은 '습관'을 들이는 것이다. 좋고 싫고를 생각하지 않는 것이다. 나이키의 로고처럼 그냥 'JUST DO IT.'

글쓰기가 습관이 되면 쓰지 않았을 때 찝찝해진다. 응가하고 뒤처리를 하지 않은 것 같은 찝찝함. 그런 하루의 미진함이 느껴지도록 습관이 되게 하는 것이다. 여기서 더 나아가면 글쓰기도 다른 것과 마찬가지로 중독이 된다. 중독이 될 때까지 쓸 필요는 없다. 세상의 모든 중독과 마찬가지로 글쓰기 중독도 좋지 않다. 삶의 균형을 깨트리기 때문이다.

처음에는 욕심만 대단했다. '하루 3시간씩 쓰겠다! 잠을 줄여서라도 써야지!' 잘 지켜지지 않았다. 그 하루 3시간. 인터넷 뿜을 보고, 웹툰 보고, 인스타그램 보고, 유튜브에 빠져서 놀았다. 미루는 만큼 잠도 늦게 잤고 매일이 피곤해졌다. 글쓰기가 더더욱 하기 싫어졌다. 잠이 부족하니 머리도 잘 안 돌아갔다. 마음도 다운되었다. '내가 무슨 작가를 하나….' 자기 비하에 빠지고 감정도 침체되었다. 이래선 안 될 것 같았다.

습관을 들이기 위해서 장벽을 확 낮췄다. 하루 15분 정도만 쓰자. '우선 습관 들일 때까지만 15분만 아무거나 쓰자.'라고 결심했다. 사람이 습관을 들이려면 21일을 꾸준히 해야 한다고 한다. 하루 15분, 21일. 주제도 미리 정했다. 맨날 주제 정한다고 SNS를 돌아다니다가 못 쓰고 끝났기 때문이었다.

습관이 서서히 들어가기 시작하면서 목표를 정했다. '종이책 출판' 목표가 생기면 하게 된다. 시간도 조금씩 늘렸다. 컨디션이 좋고 글쓰기가 잘 되는 날은 몇 시간씩 썼다. 그렇다고 다음 날 안 쓰고 넘어가지 않았다. 어쨌든 글쓰기에 습관을 들이려는 것이었으니까.

글쓰기를 내 생활의 일부로 내 루틴 중 하나로 정착시켰다. 생활에서 글쓰기가 익숙해진 후에는 데드라인을 정했다. 언제까지 이 부분을 쓰자. 마감일이 생기자 노는 시간이 확 줄었다. 스스로 정한 타임리밋인데도 지키고 싶었다. 한 번 깨지면 해이했던 시절로 되돌아갈까 무서웠다. 글쓰기는 이렇게 습관으로 만들어졌다.

습관이 되면 쓰지 않는 것이 이상해진다. 책을 출판하기로 마음을 먹었다면 글쓰기는 습관, 하나의 루틴으로 정착시키는 것이 좋다.

2. 글쓰기 그리고 나

글쓰기로 성장하는 나

글쓰기는 나를 정말 많이 성장시켜 주었다. 비단 지식의 성장만을 의미하진 않는다. 글쓰기는 다른 면에서도 나를 많이 도와주었다.

우선 사회적인 면에서 나를 성장시켜 주었다. SNS로 비즈니스를 해 보려고 시작한 블로그 활동. 처음에는 정말 개판이었다. 해시태그도 마구 달았다. 그래도 지우지 않고 두었다. 어쨌든 내가 성장한 기록이니까. 꾸준히 연구하면서 쓰자 블로그 글쓰기 스킬이 차차 늘어갔다.

그러다 유명 교육 회사에서 프리랜서 제의를 받았다. 해당 회사의 콘텐츠메이커로 활동하며 한 달에 두 번 블로그에 글을 업로드해 주는 조건의 프리랜서 계약이었다. 돈을 받고 글을 써 본 아주 좋은 경험이었다. 처음에는 엄청 스트레스였다. 돈을 받고 글을 쓰는 압박 때문이었다. 그러나 갈수록 회사의 요구와 내가 쓰고 싶은 글을 분리해서 쓸 줄 알게 되고 글의 수준도 높아졌다. 돈을 받고 글을 쓰는 경험은 나를 몇 단계나 뛰어오르게 해 주었다.

또 다른 것은 교회 월간지의 기자로 활동하게 된 것이다. 마감이 있고 형식이 있는 기사는 처음 써 보았다. 출판사에서 일을 했던 교회 집사님이 월간지의 편집과 제작을 도맡아서 했다. 그러니 얼마나 정확했겠는가. 오탈자의 문제가 아니었다. 기사를 쓴다는 것이 참으로 어려운 일이라는 것을 알았다. 남의 글을 정리하는 것도 얼마나 어려운지 깨달았다. 돈을 받는 것이 아닌 개인 봉사로 하는 일인데도 그랬다. 따박따박 발행되어야 하는 잡지에 글 쓰는 기자로 들어가 본 경험은 글쓰기의 영역과 시야를 넓혀 주었다.

가장 즐거웠던 경험은 대학 시절 동아리 회지를 만들 때였다. 국문과라고 잡혀가서 회지를 만들었다. 철딱서니 없는 시절 얼마나 대충 했는지. 이름만 올리고 구경을 한 것과 다름없었다. 그런데도 너무 재미있었다. 나보다 더 재능이 많은 친구가 기가 막히게 글을 쓰고 편집을 했다. 심지어 문과도 아니었다. 그때 만든 회지는 아직도 책장 한 켠에 소중하게 잘 꽂혀 있다. 허름한 회지 제작에도 많은 노력이 들어간다는 사실을 알게 되었다.

마지막으로 내가 가장 많이 성장한 글쓰기는 (뒤에서 소개할) 치유의 글쓰기였다. 형식은 일기인데 내용은 달랐다. 진정한 나 자신과 만나는 시간이었다. 글로 하는 심리 상담과 비슷하다. 심리상담은 서로 간의 대화로 이루어진다. 말은 빠르고 바로 표현할 수 있고 쉽다. 그것을 글로 쓰려면 조금 더 힘들다. 거부감이 생긴다. 그 저항을 이기고 글로 쓰면 치유가 일어난다. 눈으로 볼 수 있어서 내 감정과 마음을 더 잘 이해하게 된다. 치유하는 글쓰기로 나는 다시 나를 만나고 일어났다.

라이팅 테라피Writing Therapy(치유의 글쓰기)

나는 글쓰기의 도움을 많이 받은 사람 중 하나다. 그중 자기성찰의 글쓰기가 많은 도움이 되었다. 일종의 라이팅 테라피Writing Therapy로 일기장 같은 형식이다. 일기장도 아니었다. 욕받이 노트라고 해야 더 적당할 듯하다.

스트레스가 큰 상황이 오랫동안 지속되다 보니 몸이며 마음이며 여기저기 말썽이 났다. 그것을 극복해 보려고 병원도 여러 군데 쫓아 다녔다. 독서, 강의, 친구와의 대화, 여행 등 스트레스를 풀기 위해 이것저것 많이도 해 보았다. 상황이 조금씩은 나아졌지만 근본적인 해결책이 필요했다.

스트레스가 어느 선 이상이 되자 사소한 일에도 화가 났다. 어떤 일이 일어날 조짐만 보여도 미리 화를 냈다. 결국 심리 상담을 받았다. 십 몇 회기가 지난 후 선생님이 나에게 라이팅 테라피를 추천해 주었다. 흩어지는 말로 하는 것보다 시각적인 글로 쓰면 스스로를 더 잘 이해할 수 있기 때문이었다.

상담 선생님이 한 이야기 중 이런 이야기가 있다. “자신의 모든 이야기를 할 수 있는 친구가 있다면 마음의 병은 잘 들지 않고, 들었다 하더라도 치유하기가 (비교적) 쉽다.” 마음의 희로애락을 터놓고 표현하는 것이 얼마나 위로가 되고 치유가 되는지 모른다. 굳이 비싼 돈을 내고 상담을 받지 않아도 그런 사람이 있다면 치유할 수 있다. 오히려 맞지 않는 상담사를 만나면 돈은 돈대로 쓰고 시간은 시간대로 버릴 수 있다. 그런 위험을 안지 않으면서 스스로를 치유할 수 있는 방법 중 하나가 글쓰기로 치유하는 것이다. 글쓰기 노트를 모든 이야기를 할 수 있는 내 벗으로 삼았다. 하기 싫은 마음이 들까봐 일부러 시간을 정해 놓고 했다.

치유의 글쓰기를 하면서 나는 나를 많이 돌아보았다. 나를 많이 내려놓았고 감정적으로도 많이 풀어졌다. 내가 나를 옭아매던 감정들을 풀어주니까 다른 길도 보였다. 안 될 줄 알았는데 스트레스 수준이 낮아지고 마음이 풀어지는 것을 느꼈다.

글을 쓴다는 것은 감정과 정보의 전달만은 아니다. 자신을 위한 치유를 일으킬 수도 있다. 글쓰기를 통해 스스로를 치유한 사람들이 작가가 되기도 했다. 그런 라이팅 테라피 책들을 보면서 나 자신도 많이 치유되었다.

글쓰기의 힘

글쓰기는 힘이 있다. 일기를 매일 쓰는 것도 그런 일환이다. 인생의 기록으로 남기기도 하고 감정을 쏟아냄으로서 자신을 풀어 주는 역할을 한다.

어렸을 때 학교에서 일기 쓰기를 강제했다. 하루 일과를 쓰고 쓸게 없으면 거짓말도 쓰고 그랬다. 지겨웠다. 선생님이 검사하는 것도 싫었다.

마음 깊은 곳의 이야기는 쓰지도 않았다. 반성할 것을 쓰라고 하는 것도 싫었다. 내가 나를 비판하고 반성하는 것이 하기 싫었다. 없는 좋았던 일을 꾸역꾸역 써야 하는 것도 싫었다. 무엇보다 내 마음을 (선생님에게) 검사받는 게 싫어서 지어 낸 창작 일기를 써서 간 적도 많았다. 그런 글쓰기는 의무일 뿐 힘이 생기지 않는다.

글쓰기를 나를 돋보이게 하는 도구로 이용하기도 했다. 진솔한 글이 아닌 잘 쓰는 글을 썼다. 사람들이 너 글 잘 쓴다고 칭찬해 주면 우쭐했다. 그러다가 잔인하도록 솔직하게 상처 입은 마음을 (종이 위에) 드러내는 진짜배기 글을 쓰면서 나는 변했다. 테라피 글은 일정 기간 글을 쓴 후 누가 볼까 봐 다 없애 버렸다. 보기에도 심란한 그때의 그 글들은 이제 세상에 없다. 그때의 나도 없어졌다. 그러나 확실한 건 글쓰기로 내가 나를 변화시켰다는 점이다. 글쓰기의 힘을 체감했다는 점이다.

자신을 돌아보는 글쓰기만 힘이 있지 않다. 원하는 글을 쓰는 것도 힘이 있다. 알고 싶은 것을 찾아서 쓰는 것도 힘이 있다. 관심 있는 분야를 공부하며 쓰는 글도 힘이 있다. 힘 있는 글쓰기의 기운은 긍정적이고 상승하는 기운이어서 더 크게 스스로를 변화시킬 수 있다.

글쓰기를 계속해서 실력이 늘면 글 쓰는 것으로 먹고살 수 있다. 엄청난 힘이다. 작가가 되어도 좋고, 파워블로거가 되어도 글로 먹고살 수 있다. 기자가 되거나 카피라이터가 될 수도 있고 번역가가 되거나 편집자가 될 수도 있다. 책을 써서 작가가 되면 다른 인생을 살 수도 있다. 삼성

맨에서 작가로 변신한 김병완 작가. 간호사에서 일인 기업가가 된 임원화 작가, 노숙자에서 월드 멘토가 된 조 비테일 박사 등이 글쓰기의 힘으로 인생을 변화시킨 사람들이다.

나를 바꾸고 삶을 바꿀 수 있는 글쓰기. 글쓰기를 하면서 도전하는 책쓰기. 글쓰기의 힘이다.

인정받을 글을 쓰는 것을 목표로

사람은 보상이 없으면 의욕을 잃기 쉽다. 애써서 쓴 글을 다수의 출판사에 보내 본다. 모두 거절당하면 의욕과 자신감을 잃기 쉽다. 어떻게든 길을 뚫어 출판을 했다. 돈도 안 되고 인정도 받지 못하면 작가의 길을 포기하기 쉽다.

하지만 세상에서는 거절당했더라도 누군가에게 인정을 받는다면 달라질 수 있다. 그것이 씨앗이 되어 작가를 계속할 수도 있다. 비록 돈이 안 되더라도 인정을 받으면 계속 쓰게 된다. "너 글 좋더라." 이 한마디 듣는 것이 마음의 힘이 될 수 있다. 그동안의 노력이 보상받는 느낌이 든다. 상업적으로 성공하지 못해도 그렇다. 작가가 되기로 하고 달려온 자신의 판단이 잘못되지 않았음을 인정받는 것이다.

사소한 인정 하나가 자부심을 갖게 해 준다. '아! 내 결정이 틀리지 않았구나!', '내가 헛된 일을 하지 않았구나!'라는 생각이 드는 것이다. '그때 책을 써서 내 본 것이 인생에서 가장 잘한 일 중 하나다.'라는 생각을 하게 되는 것이다.

무슨 주제건, 어떤 형식이건 상관없다. 이 세상 단 한 사람에게라도 인정받을 책을 쓰는 것이다. 단 한 명이라도 내 책을 지지해 주도록 하자. 다른 이를 위한 것 같지만 알고 보면 나를 위하는 일이다. 자신을 인정해 줄 단 한 명을 구하지 못한다면 스스로라도 인정해 줄 수 있는 글을 쓰자.

사람은 인정을 갈구하는 존재이다. 스스로가 보아서 기특할 만큼 잘 썼다면 또 쓸 가능성이 높다. 스스로 보아도 영~ 아니라면 집어치우기 십상이다. 인정의 대상이 남이라면 더 좋다. 기왕 글쓰기를 할 거라면 인정받을 수 있는 글을 쓰는 것을 목표로 삼아야 된다. 그래야 활력이 돋고 의욕이 생긴다.

글쓰기 훈련

글쓰기는 훈련된 재능이다. 더러 천부적인 사람들도 있지만 대중 글쓰기는 누구나 할 수 있는 영역이다.

글쓰기 정말 좋은 세상이다. 아날로그식이 좋으면 노트와 펜만 있으면 된다. 디지털 방식이 좋으면 컴퓨터(노트북)이면 된다. 글쓰기만 하려는 용도의 노트북은 당근 같은 중고거래 플랫폼에서 저렴하게 살 수도 있다. 노트북이 비싸다면 스마트폰도 있다. 글을 쓸 수 있는 어플리케이션을 깔거나 그마저도 귀찮으면 이미 스마트폰에 탑재되어 있는 '메모'와 같은 기능을 이용하면 된다.

자신의 의지를 시험하지 말고 일정한 시간을 정해 두고 글쓰기를 시작한다. 훈련하는 것이다. 회사를 다닌다면 출근을 30분 정도만 일찍 해서 블로그에 자신이 쓰고 싶은 주제의 글을 쓰는 것으로 시작해도 좋다. 주제가 없으면 일기부터 시작해도 된다. 그런 글들을 모으고 엮어서 출판을 할 수도 있다. 주제가 없으면 내가 관심 있는 분야의 글들을 모아서 필사부터 한다. 필사를 하다가 필사한 글을 자신만의 시선으로 고쳐 본다. 거기에 자료를 수집해서 덧붙이거나 삭제해 본다. 그러면 큐레이션된 자신만의 글 한 꼭지가 된다. 그런 식으로 나만의 글들을 넓혀 간다.

작심삼일인 (나 같은) 사람은 강제적으로 훈련해야 한다. 어쩔 수 없이 돈과 시간을 들여야 한다. 운동도 그렇다. 매일 조깅하기. 매일 걷기. 얼마나 경제적이고 가성비가 좋은 운동인지 모른다. 그런데 잘 안 된다. 강제성이 없어서이다. 글쓰기는 더욱 그렇다. 사람은 무언가 강제적 투자를 해야 정신이 난다.

온라인이든 오프라인이든 모임을 만든다. 같이 글을 쓰는 모임. 데드라인도 있고 벌금도 있으면 효과가 더 좋다. 좀 더 체계적으로 작가가 되고 싶다면 비용을 내고 강의를 듣는다. 작가 선생님이 진행하는 강좌나 스터디 그룹 등에 들어가서 글을 쓴다. 그렇게 운영되는 모임이 정말 많다. 비용도 커리큘럼도 천차만별이다. 나도 온라인으로 강의를 듣고 함께 작가의 꿈을 키우는 카카오 톡방에 들어가서 활동했다. 별거 아닌 것 같아도 함께하는 사람이 있고 함께 같은 길을 간다는 것은 엄청난 의지가 된다. 누가 책을 출간했다는 글이 톡방에 올라오면 나도 분발하게 된다.

글쓰기를 훈련하는 방법이 너무 많은 세상이다. 나에게 맞는 방법을 찾아서 십분 활용해야 한다.

3부

작가 되기 READY~

나 자신을 아는 것, 작가의 시작

소크라테스의 유명한 말. "너 자신을 알라."는 작가가 되기 위한 중요한 포인트이다. 자신의 재능과 쓰고 싶은 것, 쓸 수 있는 것을 충분히 알아보아야 한다. 쓰고 싶다고 다 쓸 수 있는 것이 아니다. 쓰고 싶지만 너무 방대하거나 전문적이어서 못 쓰는 글도 있다.

칼 세이건의 『코스모스』. 우주와 천문에 관심이 많고 지식이 있다고 해서 이런 책을 쓰긴 어렵다. 천문학 전문가라 해도 첫 책부터 이런 책을 쓰기란 쉽지 않다. 삶의 통찰이 있지만 어떻게 써야 할지 몰라서 못 쓰기도 한다. 나에게 성철 스님 같은 혜안이 있더라도 『무소유』를 쓸 수는 없다.

자신이 어떤 글을 잘 쓰는지, 어느 정도의 능력이 있는지, 어떤 유의 인간인지를 우선 찬찬히 알아보아야 한다. 할 수 있는 쓰기와 할 수 없는 쓰기를 잘 고찰해 보아야 한다. 짧은 글에 강한지 긴 글에 강한지, 스토리에 강한지 논리에 강한지 곰곰이 생각해 보아야 한다. 환상적인 아이디어가 있을 수도 있다. 하지만 그것을 어떻게 잘 엮어서 쓸 것인가를 모를 수 있다. 글쓰기 스킬이 없는 사람일 수도 있다. 자신을 잘 알아야 한다. 자신의 강점과 약점을 알아야 작가가 될 수 있다.

가장 힘들었던 일 중 하나가 이거였다. 대체 내가 어떤 분야에 강한가를 찾는 것이 힘들었다. 나는 말하자면 얇고 넓은 지식의 소유자였던 것이다. 이 분야 저 분야에 아는 것은 좀 있고 뭔가를 쓸 수 있을 것도 같은

데 해 보면 모자람이 보였다. '이 분야 좋으니까 써 봐야지.' 하고 덥석 덤볐다가 포기한 것도 많았다. 그러니 먼저 자신을 잘 들여다보아야 한다.

자기 객관화를 하고 자기 자신을 잘 알아보고 책을 쓰자. 훨씬 나은 책이 탄생할 것이다.

책에는 내가 녹아 있다

책은 '바로 나 자신'이다.

사람들은 세상에 나설 때 꾸미고 나선다. 꾸민다는 것이 꼭 화려하게 치장을 한다는 의미가 아니다. 꾸밈이 매너일 때도 있지만 세상에 좀 더 멋지게 보이고 싶어서 꾸미기도 한다. 그러나 어떻게 꾸몄든 이야기를 해 보면 그 사람이 어떤 사람인지 대강 알 수 있다. 꾸밈과 달리 본질은 변하지 않기 때문이다.

'사람 책'이라는 프로젝트가 있다. 사람 자체가 책이 되어 자신의 경험과 인생을 나누는 일이다. 꽤 재미있을 것 같아 구경을 해 보았다. 그 현장감과 감동이 대단했다. 한 사람의 인생이 실물 그대로 다가왔다. 어떤 면에서는 종이책보다 깊은 울림이 왔고 오랫동안 사람 책의 메시지가 기억되었다.

서점에 있는 무생물의 책도 정도의 차이일 뿐 같은 의미를 갖는다. 살아 숨 쉬며 자신의 메시지를 온몸으로 뿜어내고 있다.

작가가 되어 출판을 했다면 거기엔 자신이 책이라는 껍질을 입고 있는 것이다. 내 책이 바로 나 자신이다. 아무리 겉을 꾸며도 결국 자신이 드러나고 만다. 책에는 내가 다 녹아 있다. 그리고 녹아 있는 나의 본질을 독자들은 귀신같이 안다. 진실을 안다. 깊이를 안다. 책이 진실하면 진실할수록 독자들은 더 많이 나와 공명할 것이다.

서점에는 수천 가지의 책이 있다. 같은 주제여도 읽다 보면 작가의 본질이 보인다. 이 작가가 대충 썼는지 영혼을 다해 썼는지를 안다. 누구 것을 베꼈는지 뼈를 깎는 창작의 고통으로 썼는지도 대충 안다. 내가 볼 수 있는 것은 다른 이도 볼 수 있다. 특히 출판계에 있는 분들은 훤히 보일 것이다.

예전에는 TV에서 연예인을 보면 그들의 꾸민 모습이나 꾸민 생활, 꾸민 연기를 보고 그 연예인을 판단했다. 그들의 겉모습과 내면을 동일시했다. 나이가 들어 TV에 나오는 사람들을 보니 아무리 잘 꾸미고 예쁘더라도 본색이 보인다. 못된 심성을 웃음으로 숨기고 있는지, 선하고 여린 사람인데 센 척 하고 있는지. 다는 아니어도 많이 보인다.

어린아이가 거짓말을 하면 어른이 알지 못할까? 다 보인다. 그래서 책을 쓰는 것은 무섭다. 내 속을 누군가의 통찰력 있는 눈이 들여다볼 수 있다는 생각에. 책은 그래서 진실해야 한다. 아무리 꾸미고 포장해도 숨길 수가 없다. 누군가의 눈이 나의 본색을 반드시 들여다볼 것이기 때문이다.

그렇다고 솔직한 책이 베스트셀러가 되고 허황된 책이 졸작이냐 하면 그건 다른 이야기이다. 인기 여부를 떠나서 생각해야 한다. 책에 담긴 정신이 나를 드러내고 있다는 이야기이다. 나 자신이 서점에 사람 책으로서 있다면 어떤 모양으로 어떻게 서 있을지, 어떤 이야기를 하고 있을지 생각해 보아야 한다. 책의 정체는 본인 스스로와 똑같다.

『앨리스 In 작가랜드』 이 책은 어떨까? 서점에 있는 이 책은 작가가 되고 싶어 하는, 그래서 이 책을 낸 '나'라는 사람이 서 있는 것이다. 세상에 나간다고 비록 꾸몄을지 모르지만 본색은 나이다. 나라는 인간의 향기를 내뿜으며 내가 서점에 있다. 그래서 부끄럽지 않은 책을 쓰려고 노력하였다.

비판 두려워하지 않기

고백을 하자면 나는 쫄보이다. 어떤 주장을 실컷 해 놓고 주변 반응이 뜨뜻미지근하면 눈치를 본다. 그러다가 누군가 내 주장에 반박하거나 신랄한 비판을 하면 상처를 받는다. 상대의 주장이 납득할 만하다면 당연히 수긍한다. 그러나 마상은 입는다. 그 후엔 더더욱 쫄보가 된다. 다음번엔 내 주장을 거의 하지 못한다.

사실 많은 사람들이 비판을 두려워한다. 두려워하기에 자신을 비판하는 사람들에게 화를 내기도 한다. 비판이 곧 공격이라고 생각하는 사람들도 드물지 않다. 공격받는 것은 두려운 일이니까 화를 낸다. 자신을 방어하기 위해서이다.

나도 공인들을 많이 비판한다. 정책 토론 같은 프로그램을 보면 비판을 넘어 비난할 때도 있다. 예능을 보면서도 비판하고 판단한다. "재미있네~. 재미없네~.", "캐스팅이 잘되었네. 못되었네." 등 자신의 꿈이 연예인이거나 정치가와 같은 공인이라면 비판에도 불.구.하.고. 대중 앞에 선다. 자신이 낱낱이 까발려질 수 있는 리스크를 안고 있지만 꿈을 이루려고 하는 것이다.

작가도 같은 맥락에 있다. 내 생각과 내 가치관이 담긴 글, 나 자신을 세상에 내어놓는다. 잘되면 잘될수록, 잘 팔리면 잘 팔릴수록, 내 책이 영향력이 있으면 있을수록 비판이 따라올 수 있다. 때론 아주 신랄한 비판일 수도 있다. 모욕에 가까운 비판일 수도 있다. 그렇다고 비판이 무서워서 작가가 되지 않겠다는 건 어리석다. 그냥 튼튼한 멘탈을 키우면 된다. 요즘 아이돌을 키우는 기획사는 아티스트의 멘탈 관리를 한다고 한다. 크게 숨을 들이쉬고 멘탈을 단단히 무장하자.

나는 비판이 두려워서 '나는 아직은 작가가 될 수 없다.'를 방패로 삼고 살았다. 작가가 되지 못하는 아주 그럴듯한 이유도 매번 갖다 붙였다. 민낯을 내보여서 부끄러운데 비판까지 받으면 너무 고통스러울 것 같았다. 비판받는 것은 여전히 두려운 일이다. 하지만 두려움을 떨치고 용기를 내었다. 그것이 작가가 되는 첫걸음이었다.

비판이라는 구더기 무서워서 장을 못 담그면 안 된다. 게다가 비판은 구더기가 아니다. 비판은 나를 키워 주는 자양분이다. 마상은 입을지언정 받아들여야 하는 부분은 받아들여야 한다. 그래야 성장한다. 더 좋은 작가가 될 수 있다. 두려워할 것이 아니다. 쓰지만 약이다. 잘 먹고 더 건강해져서 더더 좋은 책을 쓰면 된다.

※ 사실 나와 같이 첫 책을 낸다면 비판에는 아예 신경도 쓰지 않는 것이 좋다. 내 책을 읽고 이러니저러니 해 줄 사람은 가족과 친구들밖에 없을지도 모르기 때문이다.

작가는 재능이 아니라 의지와 훈련

글쓰기의 재능이란 뭘까?

나는 원래 독서를 좋아하고 정독보다 다독을 하는 편이다. 책 선별도 꽤 잘한다. 제목과 목차를 보고 관심 있는 부분을 읽어보면 내 취향에 맞는지 아닌지가 금방 나온다. 속독도 잘하고 책의 포인트도 잘 찾는다.

그렇다면 쓰는 것은 어떨까? 국문과를 나왔다고 여기저기서 종종 글쓰기 의뢰가 들어온다. 그럼 술술 써 내려가느냐. 그렇지 않다. 하얀 종이를 마주하면 무엇을 쓸까 고민만 9할이고 마감에 닥쳐서야 겨우 쓴다. 학교

리포트도 그랬다. 벼락치기의 여왕이었다. 그래도 그럭저럭 내 글이 괜찮다고들 한다. 왜 그럴까?

읽기와 쓰기는 재능의 분야만은 아니기 때문이다. 특히 글쓰기는 노력의 분야이고 훈련의 분야이다. 물론 타고난 재능이 있는 사람들이 있다. 어쩌면 저런 글을 쓰지? 감탄하는 작가들도 있다. 그건 글쓰기뿐 아니라 세상 어느 분야에도 다 있다. 천재는 어디에나 있다. 하지만 우리는 대부분 천재가 아니다. 다만 하고 또 하다 보니 잘하게 되는 것이다.

초기엔 별로였다가 발전하는 작가들이 많다. 초기 글을 보면 깜짝 놀란다. 너무 엉성해서. 계속 쓰니까 장족의 발전을 하는 것이다. 재능보다 훈련이 중요해서 그렇다.

책을 쓸 때 정통 순수 문학이 아니라면 아주 유려한 문장을 요구하지는 않는다. 의미가 잘 전달되고 마음이 끌리는 글을 쓰면 된다. 그것은 훈련으로 가능하다. 글 쓰는 것은 누구나 할 수 있다. 우리는 학창 시절 목적에 따라 여러 가지 글을 썼다. 잘 쓰는 아이들은 물론 있었다. 하지만 처음에는 영 시원찮다가 (입시 등의 이유로) 쓰기 연습을 해서 잘 쓰게 된 아이들이 더 많다.

다시 물어보겠다. 글쓰기는 재능일까? 그렇다. 다만 글쓰기는 훈련되는 재능이다. 그 훈련을 끝까지 가게 하는 것은 의지와 노력의 힘이다.

중꺾마의 마음으로!

처음에는 열정으로 불타서 의지가 필요 없다. 하지만 얼마 안 가 열정의 불은 꺼진다. 기억이 나지 않지만 어떤 책에서 읽은 내용이다. 미국에는 11월에 책 쓰기 프로젝트가 있다고 한다. (지금도 있는지 모르겠다.) 놀러 가기에도 애매하고 연휴도 없는 11월. 애들은 학교에 가서 시간이 나는 11월. 너무 춥지도 덥지도 않고 그냥 흘려보내기 좋은 애매한 달인 11월에 책을 쓰는 프로젝트이다. 11월 한 달 빡세게 글을 써서 작가가 되는 프로젝트이다. 이런 프로젝트는 열정의 불과 의지의 힘이 같이 가는 것이다.

열정은 금방 식는다. 열정이 식는 가장 큰 요인은 진도와 보상이다. 책 한 권 쓰는 데 열정을 계속 불태울 수 있을 만큼 글 진도가 그렇게 빠르지 않다. 그렇게 빠른 사람이 있다면 천재일 것이다. 삼국지의 관우는 데운 술잔의 술이 식기 전에 돌아오겠다 하고 전장에 나섰다. 청룡언월도로 화웅의 목을 벤 후 돌아와 따뜻한 술을 마셨다. 우리는 관우가 아니다. 술이 식기 전에 돌아올 수 없다.

빨리 썼다고 한들 출판사에서 빠꾸를 자꾸 맞으면 기운이 떨어진다. 출판사에서 받아들였어도 수정하고 고치고 하다 보면 진이 빠진다. 게다가 왕초보 예비 작가라면 책을 쓴다는 얘기를 누구에게 말하기도 민망하다. "요새 뭐 하느라 바빠? 모임도 안 나오고?", "어~ 나 책 쓰잖아." 이렇게 말하기가 어렵다.

써야 할 분량은 많고 아이디어는 없고, 자료는 산더미 같다. 출판이 될지 안 될지도 모른다. 설령 된다고 해도 졸작이 되거나 팔리지 않는 작가가 될 위험도 있다. 특히 자신의 이야기를 많이 넣은 책일수록 부담은 더 커진다. 내 이야기를 공공연히 말하는 격인데 아무도 듣지 않는다면 그야말로 얼굴이 화끈하다. 그런데도 불구하고 책을 내고 작가가 되는 사람들은 어떤 사람들일까. (내가 아는 바에 따르면) 보통 그들은 대단하거나 한 글발 하지도 않는다. 뛰어난 점이 없는 사람도 있다. 아무것 없는 평범 그 이하의 사람도 있다. 심지어 저런 사람이? 하는 경우도 작가 타이틀을 단다. 심지어 이 딴 주제로? 하는 경우도 있다. 그 딴 주제로 책을 내서 꽤 잘 팔아먹고 있기도 하다.

결국 '(내) 책 하나 내겠다.'라는 최초의 의지를 꺾지 않고 관철한 사람들이 작가가 된다. 중꺾마(중요한 건 꺾이지 않는 마음)이다. 중도 포기의 위기와 슬럼프를 극복한 사람들만이 '작가'라는 빛나는 타이틀을 단다.

도서관이나 서점에 가 보면 수만 권의 책이 있다. 책 하나 집어 읽으면서 '재미 드럽게 없네.'라고 생각할 수 있다. 그 드럽게 재미없는 책도 '작가'가 있다. 아마 작가 스스로도 재미없을 것 같고, 팔리지도 않을 것 같다고 생각했을지도 모른다. 그래도 포기하지 않았다. 그래서 결국 '드럽게 재미없는 책'의 작가라도 되었다. 그 작가가 책 한 권 내지 못하고 생각만 하고 있던 '나'보다 백배 낫다. 재미가 없건, 꼴랑 몇 권이 팔리건 끝까지 가는 그 각오를 '작가'가 되고자 하는 의지라고 생각한다.

글쓰기를 훈련하고, 출판 의지를 꺾지 않고 끝까지 써내는 것. 이 두 가지가 작가가 되는 길이다.

마음 상태가 글렀다(시작을 못 하는 이유 1)

첫 번째는 자신을 무시해서 그렇다. '내가 과연 작가 감일까.', '나는 전문가도 아닌데.', '나는 잘 모르는데.', '나 따위가.', '내가 (감히) 무슨 작가야.', '다른 사람들이 비웃겠네.' 작가의 길을 방해하는 마음은 무지 많다. 그중 제일 나쁜 마음은 스스로가 부족하다는 마음이다. 그 마음이 작가가 되지 못하게 한다.

두 번째는 내 책에 대한 평판의 두려움이다. 한 방에 베스트셀러나 대중의 찬사를 받는 책을 쓰기는 어렵다. 예비 작가가 기성 작가의 높은 벽을 뛰어넘기는 쉽지 않다. 졸작 또는 평작이 나올 가능성이 높다. 이것이 두려운 것이다. '첫 책을 내서 성공해야지.' 또는 '끝내주는 책을 써야지.' 라고 생각한다. 사실 욕심이다. 첫 책에 대한 허망하고 높은 기대를 내려놓아야 책이 써진다.

나도 욕을 먹거나 비웃음을 당할까 봐 글을 내놓지 못했다. 쓰기는 썼지만 완성을 하지 못했다. '내가 봐도 졸작인데 누가 내 책을 좋다 할까.' 하는 소심함이 있었다. 그러나 책을 내기로 결심하고 생각을 바꾸었다. 비록 내 글이 별로여도 작가가 되고야 말겠다고 생각 자체를 바꾸었다.

글러 터진 마음을 달래기 위해 자기 합리화도 했다. '아이디어와 기획이 좋으면 글은 좀 부실하더라도 책이 될 수 있다.', '콘셉트가 좋으면 출판할 수 있다.', '이제 특별한 사람만 책을 내는 시대가 아니다.', '나도 책을 낼 수 있다.', '안 하는 것보다 낫다.', '졸작이라고 손가락질 당하면 두 번째 더 좋은 책을 쓰면 되지 뭐. 세 번째는 더더 좋은 책을 내고.', '욕 좀 먹으면 어떠냐. 비웃음 좀 당하면 어떠냐. 어차피 날 비웃는 그들은 나의 친구가 아니다. 나를 사랑한다면 날 비웃는 대신 날 격려해 줄 테니까.' 이렇게 미화했다. 자기변명일 수 있지만 꿀을 좀 바르자. 두려움이 누그러지는 효과가 있다.

세 번째는 의지박약이다. 작심삼일. 그 말은 어쩜 그리 시대를 넘는 명언인지. 굳건한 의지를 가지고 글을 쓴다. 며칠이 지나면 각종 회의가 든다. 그냥 하기 싫어지기도 한다. 놀고 싶어진다. 가뜩이나 힘든 인생에 되도 않는 짐을 또 얹은 것 같다. 하루 놀면 이틀 쉬고 싶다. 쉬었다 쓰려면 잘 써지지 않는다. 그럼 또 커피나 마시고 SNS를 뒤지며 논다. 이렇게 잘 안 되는 하루들이 쌓이면 어느새 쓰지 않게 된다. 그나마 좀 써 놓은 글들은 기억도 나지 않는 폴더 어딘가 저장되어 있게 된다.

그래서 루틴을 만들고, 모임에 가입을 하고, 같은 길을 가는 사람들을 만들고, 때론 돈을 써서 코칭을 받고 교육원이라도 다니는 것이다. 비록 의지는 약해져도 누가 내 목줄을 잡고 끌고 갈 수 있게. 어떤 것이라도 좋다. 아무튼 작가의 시작을 마무리해 줄 수 있는 것, 그런 리딩(Leading) 프로세스 하나는 꼭 만들어 두는 게 좋다.

"세상만사 마음먹은 대로."라는 말이 있다. 정말이다. 마음을 먼저 굳건히 다잡아야 시작을 할 수 있다.

완벽해야 한다(시작을 못 하는 이유 2)

'아무튼 뺄 수 있는 시간이 있어야 돼.', '어쨌든 글을 쓸 수 있는 공간이 필요해.', '노트북이 없어.', '건강이 좋지 않아.', '벌어먹고 살아야 되는데 너무 바빠서.', '책 한 권 읽어 보지 않는 내가?', '마음의 여유가 없어서 지금은 못 해.', '조금만 더 스펙을 쌓고 나서.' 기타 등등.

이러면 시작을 못 한다. 교활한 마음은 절대 작가가 되지 못할 상황으로만 인도하기 때문이다. 먹고살 만해지면 가족들이 말썽이다. 시간이 넉넉해지면 몸이 안 좋아진다. 노트북을 샀더니 아이에게 빼앗긴다. 건강을 되찾았더니 빚이 늘어서 투잡을 뛰어야 한다. 스펙을 쌓아서 책을 좀 써 보려니 거절하기 어려운 다른 기회들이 왔다. 도저히 작가가 될 수 없다. 작가는 다음에 되기로 한다.

결국 '작가'가 되겠다는 것은 영원히 이루어지지 않는 '꿈'으로 남는다. 죽기 전에 "나도 젊었을 때 작가가 되고 싶었는데…."라고 해 봤자 늦었다.

작가가 되기 위한 완벽한 때는 절대 오지 않는다. 항상 뭔가가 부족하고 항상 뭔가가 불완전하다. 그럼에도 그것들을 감수하고 글을 써서 누군가는 작가가 된다. 꼭 기억해야 한다. 나보다 더 악조건에서도 글을 써서 작가가 되신 분들도 많다는 것을. 심지어 학생도 책을 낸다. 심지어 투잡, 쓰리 잡을 뛰면서도 낸다. 심지어 병상에서도 낸다. 심지어 할머니, 할아버지가 되어서도 낸다. 지금 나보다 훨씬 열악한 조건이지만 작가가 되신 분들이 정말 많다.

나는 완벽한 상황을 맨날 기다렸다. 하지만 완벽한 상황은 결코 오지 않았다. 할 수 없이 불완전한 상황에서 글을 쓰려고 했다. 다른 마음이 발목을 잡았다. '기왕 쓰는 거 완벽하게 쓰자.' 또 다른 완벽주의가 발목을 잡았다. 시작을 못 하게 했다. 한 번 쓰기 시작하면 '완벽'해야 하니까.

출판사의 입장이 되어서 어떻게 책을 팔지부터 기획안까지 나 홀로 아는 것도 없이 구상에 구상을 했다. 당연히 진도는 나가지 않았다. 끊임없이 반복되는 뫼비우스의 띠를 도는 것 같았다. 썼던 꼭지가 하나 있으면 퇴고도 수차례 했다. 내가 나의 시선으로 내 글을 고쳐 봤자 거기서 거기였다. 객관적인 시선이 필요했다. 완벽하게 써서 검증받고 싶었다. 결코 완성되지 않는 퍼즐을 맞추고 있었다.

결국 나는 내가 할 수 있는 만큼 쓰고 투고하기로 했다. 비루한 졸작이 탄생하더라도 책을 내기로 했다. '완벽하게'는 없다는 것. 그것을 인정하니 책 쓰기가 좀 더 편해졌다.

아무리 불세출의 작가라도 완벽은 없다. 그러니까 지금 바로 시작해야 한다. 어차피 완벽할 수 없다. 글쓰기에만 집중할 완벽한 상황도 오지 않는다. 그러기에 지금 그냥 해야 한다. 못 쓰는 글이라도 일단 시작해서 완성을 해야 한다.

시작은 너무 어려워(시작을 못 하는 이유 3)

"시작이 반이다."라는 속담이 있다. 왜 시작하면 벌써 절반이나 했다고 쳐 주는 것일까? 그만큼 시작이 어렵다는 이야기이다. 시작을 못 하는 이유는 정말로 시작이 어렵기 때문이다. 아이러니한 일이다.

아이가 어릴 때 틱이 온 적이 있다. 아이 정서에 문제가 생길까 봐, 안 고쳐질까 봐 너무 두려웠다. 인터넷을 뒤지고 여기저기 조언을 구했다. 어릴 때 오는 틱은 대부분 자연스럽게 없어진다고 했다. 그 말이 귀에 들어오지 않았다. 틱이 약 한 달 정도 지속되자 정말로 무서워졌다. "하지 말라."고 아이를 다그치기도 했다. 당연히 먹히지 않았고 아이는 틱을 참느라 괴로워했다. 지금 생각하면 너무 미안하다. 너무 무식했다. 나의 두려움이 극에 달했을 때 심리 상담을 받아 보기로 했다. 여기저기 알아보았다. 그것도 시간과 노력이 꽤 많이 들어갔다. 하지만 결국 심리 상담을 받지 않았다.

이유는 두 가지였다. 선배 엄마들의 조언대로 정말 틱 증상이 좋아져서가 하나였다. 다른 하나는 심리 상담이라는 길고긴 터널을 지나갈 엄두가 나지 않아서였다. 심리 상담은 한 번 시작하면 몇 년씩 걸리는 과정이었다. 비용도 비쌌고 기간도 길었다. 마음의 감기라면서 감기처럼 서너 번 병원 가서 약 먹고 주사 맞으면 끝나는 일이 아니었다. 그래서 나는 애당초 '시작'을 하지 못했다. 시작을 해서 중도에 포기하면 안 하느니만 못할 것 같았다. 어떤 과정이 길면 길수록, 어려우면 어려울수록, 노력이 많이 들면 많이 들수록, 비용이 비싸면 비쌀수록 '시작'하기가 어렵다. 기회비용이 너무 커지기 때문이다. 과정에 압도되는 것이다.

작가가 되는 것. 글을 쓰는 것도 그렇다. 끝까지 가 보겠다고 마음먹었다면 더욱더 시작이 어려울 수 있다. 책이라는 엄청난 작품을 한 권 써내야 끝나기 때문이다. 그런데 잘 생각해 보자. '시작'하지 않아서 놓친 기회들이 정말 많다는 것을.

책 쓰기도 그렇다. 망설임을 뒤로하고 일단 시작을 해야 한다. 시작은 어렵지만 막상 해 보면 웃음이 날 때가 많다. '사실 별거 아닌데 못 하고 있었네.' 하면서. 시작하면 '반'은 간 것이다. 그럼 언제 시작을 해야 할까? 나를 기다려 주지 않는 시간을 앞질러 지금 시작하면 된다.

책을 내고 싶다는 꿈을 무려 몇십 년이 넘게 꾸고만 있었다. 꿈만 꾸고 시작을 하지 않았다. 꿈은 꿈인 채로 남았다. 그게 지금 후회스럽다. 책을 쓸 상황은 예전이 훨씬 좋았다. 지금은 예전보다 너무나 할 일이 많다. 준비해야 할 것들도 많다. 건강도 좋지 않다. 그러기에 더더욱 책을 쓰고 작가가 되기로 결심하고 실행했다. 더 이상 미루면 안 되겠기에. 정말 꿈으로만 남아 버릴 것 같아서이다.

작가가 되기로 했다면 직장을 다니던지, 몸이 아프던지, 시간이 없던지. 지금 어떻든지 간에 일단 쓰기 시작해야 한다. 최소한 준비라도 지금 당장 시작해야 한다. 지금이 기회이다. 지금 작가가 되기로 결심하고 글을 한 줄이라도 써야 한다. 그럼 내일 두 줄을 쓸 수 있다. 그것이 1년만 모여도 책이 한 권 될 수 있다. 작가가 될 수 있다.

끝을 볼 수 있는 글쓰기 분야를 찾자

처음 도전한 글쓰기의 분야는 시나리오였다. 대화체라서 쓰기 쉬울 것이라고 생각했다. 오판 중 오판이었다. 시나리오는 분량이 엄청나고 어렵다. 대화체라는 것이 얼마나 어려운지 모른다. 우리가 그냥 하는 일상 대화가 아니기 때문이다. 시나리오의 대화는 의도를 갖고 쓰는 것이다. '대화'가 아니라 '대사'이다. 공모전에 몇 번 도전하고는 집어 치웠다.

동화책과 소설도 써 보았다. 상상력을 발휘해서 주제를 정하고 플롯을 짰다. 허구의 이야기를 만들어 내는 것이 재미있어서 열정을 가지고 썼다. 주제를 잡을 때만 해도 자신만만했다. '이거 애들한테 인기 폭발이면 어떻게 하지?', '애니메이션이나 영화화되는 거 아니야?' 망상이 끝도 없었다. 주제와 플롯만으로는 한계가 금방 찾아왔다. 쓰면 쓸수록 자꾸 어디선가 본 듯한 이야기를 쓰고 있었다. 글이 후반으로 갈수록 재미가 없었다. 황급히 끝내기도 했다. 쓰기 싫어져서 용두사미가 된 스토리도 있었다. 스스로 느끼고 있었지만 애써 무시했다. 겨우 완성하고 나니 잡탕찌개였다. 내가 봐도 식상했다. 그래도 일단 썼으니 응모는 했다. 결과는 당연히 낙방. 예상하고 있었지만 다시 뜯어 고쳐 쓸려니 엄두가 나지 않았다. 결국 그때 썼던 소설들과 이야기들이 고대로 컴퓨터 폴더에 고이 저장되어 있다.

이렇게 주먹구구식으로 해선 답이 나오지 않는다. 자신이 끝까지 할 수 있는 글쓰기 분야를 찾는 것이 선행되어야 한다. 자신이 잘할 수 있는, 할 말이 진짜 많은 글쓰기 분야가 반드시 있다. 그 분야로 시작을 해야 한다. 그래야 끝을 볼 가능성이 높다.

소설에 강한 사람이 있고, 시나리오에 강한 사람이 있다. 에세이나 자기계발서를 기가 막히게 쓸 수도 있다. 괜히 시인이 있고 소설가가 있는 게 아니다. 같은 글쟁이여도 다 분야가 있다. 그러니 자신이 잘하는 글쓰기 분야를 찾아야 한다. 끝까지 할 수 있는 분야를 찾아야 한다.

루틴은 꼭 필요하다

책 쓰기에 단 하나의 룰이 있다면 일정한 루틴을 갖고 꾸준히 해야 한다는 것이다. 하루 5분도 좋고 1시간도 좋다. 꼭 매일이 아니어도 좋다. 매일이면 더 좋다. 그러나 삼 일 이상 건너뛰진 말아야 한다. 해 보니까 삼 일 넘게 건너뛰면 초기화가 되어 버린다. 해이해지고 시작하는 데 시간이 오래 걸린다. 뇌가 초기화된 것이다. 날짜와 시간, 가급적 장소도 정해 놓고 꾸준히 하는 것이 포인트이다.

처음에는 생각날 때마다 시시때때로 글을 썼다. 무엇인가에 얽매이는 게 싫었다. 잘할 수 있을 것이란 근자감이 있었다. 불쑥 내가 쓰고 싶은 날 썼다. 당연히 잘되지 않았다.

우선 글쓰기에 진입하는 시간이 엄청 오래 걸렸다. 인터넷 서핑을 한동안 하고 나서야 글을 썼다. 또는 다른 책을 한참 읽고야 글을 썼다. 아니면 망상에 빠져서 허우적거리다 글을 썼다. 글을 쓰다가도 쉽게 해이해졌다. 목표 분량의 반의반도 하지 않았는데 접고 일어났다.

장소도 그때그때 달랐다. 오늘 카페에 갈 삘(Feel)이면 카페에 갔다. 오늘 도서관에 가고 싶으면 도서관으로 갔다. 집에서 하고 싶으면 집에서 했다. 야외가 좋으면 공원에 나갔다. 장소가 주는 기운에 빠져서 공간의 즐거움을 누리고 글은 쓰지 못했다. 하기 싫은 기운이 해야 된다는 의지보다 세게 왔다. 이건 아닌 것 같았다.

결국 시간과 장소를 정해 놓고 쓰기 시작했다. 처음에는 엉덩이가 엄청 근질근질했다. 각종 핑계를 대고 일찍 일어났다. '오늘은 더우니까 이만 하자.', '오늘은 허리가 아파서 이만 하자.', '너무 집중이 안 된다. 여기까지만 해야지.', '오늘 무슨 행사가 있는데… 그만할까.' 어쩌면 그렇게 다양한 핑계들이 만들어지는지. 처음에는 핑계에 끌려 다녔다.

출근을 한다고 생각했다. 아무리 지겨워도 회사는 지정 시간, 지정 공간에서 지정 업무를 해야 한다. 작가 직원이라고 가정했다. 아무리 지겨워도 정해진 시간까지는 일어나지 않았다. 정 글이 안 써지면 따라 쓰기(필사)라도 했다.

놀랍게도 얼마 지나지 않아 루틴이 만들어졌다. 글쓰기에 진입하는 시간도 빨라졌다. 몰입도 금방 되었다. 정해 놓은 시간도 빨리 갔다. 글 쓰는 분량도 제법 많아졌다. 관성 때문이었다. 사람의 뇌는 루틴을 따른다. 같은 시간에 같은 일을 하면 뇌는 자동으로 그 시간에 그 일을 하는 모드로 세팅이 되는 것이다. 일정 시간에 글을 쓰니 뇌가 '지금 글 쓰는 시간이군.' 하고 모드를 글쓰기 모드로 바꾸는 것이다. 같은 장소면 거기만 가도 뇌는 해당 일을 할 준비를 한다. 같은 시간, 같은 장소를 정하고 글쓰기를 반복하자 나의 뇌는 저절로 글을 쓸 세팅을 해 주었다. 일정한 시간에 잠을 자면 수면 시간이 되었을 때 자동으로 졸린 것과 마찬가지이다.

루틴을 정해 놓고 습관이 되도록 하자. 점점 글쓰기가 수월해질 것이다.

하늘은 스스로 돕는 자를 돕는다

결심을 아주 굳게 했다. 작가가 되기로 아주 작정을 했다. 작가가 되기로 결심하자 좋은 일들이 많이 일어났다. 글을 쓸 수 있는 좋은 장소를 찾아내었다. 집 근처였는데 귀찮다고 안 가 보던 곳이었다. 우연히 가 보았는데 괜찮았다.

장소에 대해서 원하는 조건들이 있었다. 집이 아닐 것. 너무 고립되지 않을 것. 답답하지 않을 것. 너무 시끄럽지 않을 것. 노트북 키보드 소음에 큰 무리가 없을 것. 눈치 보지 않고 장시간 앉아 있을 수 있을 것. 집에서 너무 멀지 않을 것. 이 조건들을 다 부합하는 장소를 찾아내었다. 물론 100% 맞지는 않았지만 책 한 권 쓰기에는 손색이 없는 장소였다.

시간도 확보되었다. 예전에는 자질구레한 일들이 많이 생겨서 나를 괴롭혔다. 그런 일들을 처리하는 데 하루가 갔다. 작가라는 목적을 갖고 잡일을 끊으니까 무리 없이 잘 끊어졌다. 시간이 확보되니 마음도 더 편안해졌다. 글 써야 되는데… 하면서 다른 중요치 않은 일들을 할 때는 항상 초조했다. 마치 시험을 앞두고 놀고 있는 고3 같았다. 그런데 내 꿈을 위해 시간을 쓰고 있으니 출간이 되든 어찌되든 힘이 나고 활력이 돋았다.

가족들도 상당히 협조를 잘해 주었다. 책을 쓴다고 이야기를 하지도 않았다. 비밀은 아니었지만 알리지는 않았다. 그런데도 가족들이 나의 스케줄에 방해가 되지 않게 뭔가가 잘 진행이 되었다. 누구 하나 아프지도 않았고 문제가 생기지도 않았다. 그렇게 오롯이 책을 쓸 수 있는 여건들이 나에게 다가왔다. 단지 마음을 굳세게 먹었을 뿐인데!

신기한 일도 있었다. 친구가 늦깎이 결혼을 한다 하여 친구와 신랑을 만났다. 처음 보는 나를 보고 친구 신랑이 대뜸 그러는 것이다.

"아니. 작가 하시면 되겠어요. 딱 작가 할 타입인데요!"

내심 속으로 얼마나 놀랐는지 모른다. 나를 전혀 알지 못하는 분이다. 무슨 신의 계시처럼 그렇게 얘기를 하다니. 당황해서 더듬었다.

"그럼요. 작가 해야지요. 암요, 작가! 해야 되고 말고요." 이미 결심이 굳어지니 나올 수 있는 대답이었다.

너무 연연하지 말고 초연하라고 한다. 그래야 일이 더 잘 풀린다고 한다. 좋다. 하지만 꼭 명심할 것이 있다. 이래도 그만, 저래도 그만. 되도 그만, 안 되도 그만은 초연이 아니다. '된다'는 가정하에 초연해야 된다. 집착이 아닌 초연은 그것이다. 작가가 되는 것은 이미 나에게 일어난 일이다. 미래에 일어날 일이지만 나는 어떻게든 되기로 했으므로 이미 일어난 일과 같다.

결심을 하면 안 될 일도 된다. 추위를 많이 타는 나는 겨울에 따뜻한 나라에서 지내고 싶었다. 남편이 반대했다. 일단 비용. 아이들 방학 두 달간 가족 모두 나가 있는 체류비와 생활비, 항공료 등 비용이 컸다. 두 번째로 남편 본인의 일. 일도 쉬어야 했다. 세 번째로 아이들 일정. 모두 홀딩하거나 캔슬하고 가야 했다. 결정하기 쉽지 않았다. 한 반년 망설이다가 겨울이 다가오는 어느 시점. 나는 무조건 가기로 했다. 겨울 지나고 몇 달 구멍 난 재정을 메꾸더라도 간다. 무조건 간다. 이렇게 결심하고 진행 시켰다. 망설이던 남편이 결국 넘어와서 항공권을 예매했다. 그다음부터는 비행기값을 날릴 수 없으니 척척 진행이 되었다.

결심의 힘이 이렇게 크다. 사람을 어떻게든 해내게 한다. 그냥 결심의 힘이면 하늘이 돕지 않는다. 초연하면서도 단단한 결심의 힘이 필요하다. 그럴 때 하늘은 스스로 돕는 자를 돕는다.

창의력 일깨우기

크리에이터는 새로운 어떤 것을 창작, 또는 창조하는 사람이다. 크리에이터에게 필수적인 요소는 창의성이다. 창의성의 정의는 다음과 같다.

> 창의성: '새롭고, 독창적이고, 유용한 것을 만들어 내는 능력' 또는 '전통적인 사고방식을 벗어나서 새로운 관계를 창출하거나, 비일상적인 아이디어를 산출하는 능력' 등 창의성의 개념은 매우 다양하다. (교육심리학용어사전)

크리에이터(Creator)는 말 그대로 창작자이다. 영어사전의 두 번째 의미는 창조주라고도 한다. 크리에이터는 메이커이다. 무언가를 만들어 내는 것이다. 글을 쓰는 작가가 되는 일은 크리에이터, 메이커가 되는 일이다. 이런 창작자(크리에이터)의 필수 요소는 앞서 말한 대로 창의성이다. 창의성, 창조성이 없으면 작가가 되기 쉽지 않다. 그런데 창의성은 비단 새로운 것을 만들어 내는 능력을 의미하지만은 않는다. 기존의 것들을 새롭게 조합하는 것도 창의성이다.

애플의 스티브 잡스는 창의성에 대해 이렇게 말했다. "창의력은 상관없는 것끼리 연결하는 능력이다." 비슷한 이야기를 미래학자 앨빈 토플러도 했다. "이전에 관련이 없던 아이디어와 개념, 데이터와 지식을 새로운 방식으로 결합할 때 상상력과 창의력이 생겨난다." 미국 광고계의 전설인 제임스 웹영은 이렇게 말했다. "아이디어란 기존 낡은 요소의 새로운 조합이다."

해 아래 새것은 없다. 창의성은 무(無)에서 유(有)를 만들어 내는 일이 아니다. 기존에 있던 세상의 모든 것들을 어떻게 조합하고 어떻게 연결하는가가 창의성을 결정짓는다.

그러면 창의성은 어디에서 나올까? 『신과 함께』의 작가 주호민은 이렇게 말했다. "(나의) 창의성은 잉여에서 나온다." 정말 꽂힌 말이다. 마음이 여유롭고 여백이 있을 때 좋은 생각이 떠오른다. 좋은 글감은 머릿속 어딘가 여백에서 나온다. 잉여는 시간을 낭비하는 활동이 아니다. 오히려 창의성에 투자하는 활동이다. 잉여는 빈둥거리는 것뿐 아니라 좋은 예술 작품을 감상하거나 음악을 듣거나 책을 볼 때도 나온다. 잉여로운 활동들이다. 이럴 때 마음의 빈 공간에 창의성이 들어온다.

나는 머리가 꽉 찼을 때 무조건 몸을 움직인다. 주로 하는 일은 산책이다. 바깥 공기를 쏘이며 걸으면 답답했던 마음과 머리가 풀어진다. 한참 걸으면 좋은 생각이 번쩍 떠오르기도 한다. 잉여로운 활동이다. 잉여를 통해 창의성을 일깨우는 것이다.

창의력은 예술 지능이다. 작가는 글을 쓰는 예술가이다. 작가라면 창의성을 일깨워 예술 지능을 높이기 위해 어떤 형태로든 투자를 해야 한다.

베스트셀러를 내겠다보다는 '내 책 한 권 내자'

'베스트셀러를 내겠다.'는 모든 작가들의 희망일 것이다. 물론 나도 그렇다. 기왕 책 내는 거 베스트셀러 작가가 되고 싶다.

불가능한 일은 아니다. 실제로 그런 작가들도 많기 때문이다. 첫 책이 베스트셀러가 된 비범한 작가들도 은근 많다. 『해리포터』의 조앤 롤링도 그렇고, 『역행자』의 자청도 그렇다. 내가 조앤 롤링이 되지 말란 법은 없다. 하지만 사실 첫 책으로는 어렵다.

그러면 베스트셀러는 어떤 책일까. 우선 재미가 있어서 사람을 잡아끌어야 한다. 통찰이건 감동이건 어떤 소구점이 있어야 한다. 인간의 사고 싶은 욕구를 자극하는 매력이 있어야 한다. 거기에 더해서 마케팅도 잘 해야 한다. 편집자와 출판사도 잘 만나야 한다.

첫 책을 내려는 예비 작가는 무명의 내 책을 팔기 위한 스킬이 없다. 맨땅에서 최고를 찍어야 되는데 너무 힘들다. 하지만 그것보다 더 어려운 것이 있다. 베스트셀러에 대한 의지를 지키면서 책을 쓰는 일이다. 책을 내고 작가가 되는 가장 중요한 키(Key)는 의지이다. 하지만 불행하게도 인간의 의지는 약하기 짝이 없다. 게다가 그 연약한 의지를 더욱 쉽게 꺾는 것이 있다. 너무 높은 목표가 그것이다.

영업직으로 회사에 입사를 했다고 가정해 보자. 직무 연수를 받고 바로 실전에 투입되었다. 회사에서 내준 첫 달 목표가 한두 개 정도의 실적이라면 해 볼만 하다고 느껴질 것이다. 자신의 능력을 보여 주려고 더 열심히 할 것이다. 그런데 첫 달 목표가 회사 영업 실적 1위라던가, 동종 계열 실적 탑(Top)이 목표라고 하면 어떨까. 열정은커녕 있던 의욕도 없어질 것이다. 해 보지도 않고 포기할 것이 뻔하다. 왜냐고? 절대 달성할 수 없을 것이라고 생각해서이다.

세상에 새 책을 내는 작가는 '나'뿐만이 아니다. 출판 업계를 잘 알고, 심지어 어떤 책이 독자의 구미에 맞는지, 어떻게 해야 베스트셀러가 되는지도 잘 아는 쟁쟁한 기성 '작가'들이 넘쳐난다. 그들과 같은 시장에서 책으로 경쟁한다. 그 전쟁터에 '나'라는 가냘프고 서투른 예비 작가가 하나 끼는 것이다.

나도 의욕 만땅으로 '베스트셀러 작가'를 목표로 했었다. 작가 강의 오픈채팅방 아이디 중 하나가 '워너벳셀'이다 아주 자신만만했다. 그야말로 근자감이다. 물론 이게 있어야 시작은 된다. 내 책이 안 팔릴 거라고 생각하면 누가 책을 쓰고 싶겠는가! 하지만 자신감은 곧 의지에 잡아먹히고 말았다. 쓰면 쓸수록 베스트셀러가 될 것 같지 않자 자신감이 떨어지고 의지력도 약해졌다.

일반 작가가 되는 건 해 볼 만할 수 있다. 그러나 첫 책에서 베스트셀러 작가는 어렵다. 작가가 되기로 마음먹었다면, 의지를 공고히 하기 위해서라도 진입장벽을 낮추는 것이 좋다. 그냥 '내 책 한 권 내자.'고 마음을 먹는 것이다. 한 개의 계단을 오르는 것이다. 정말 작가가 되고 난 후 좀 더 높은 목표를 잡는 것이다. 계단 한 개를 오르고 다음 계단을 오르는 것이다. 오르고 또 오르는 것이다. 그러다 보면 베스트셀러 작가가 되는 영광을 누릴 수 있을지도 모른다.

* Tips

나의 자존감을 위해 그리고 퍼스널브랜딩의 도구로 크몽에 전자책을 냈다. 파는 게 목적이 아니라 내는 게 목적이었다. 그렇게 전자책 작가가 되었고 판매도 되었다. 전자책 크몽 작가라는 타이틀을 활용해서 여러 가지 일들도 했다. 내가 '크몽에서 대박 베스트셀러 전자책을 낼 거야!'라고 시작했다면 어땠을까? 아마 아직까지 못 냈을 것이다. 한 계단을 오르고 다음 계단을 오르는 것이다.

메모, 메모, 메모

허영만 화백은 잠자리에 노트와 펜을 두고 잔다는 이야기를 본 적이 있다. 아이디어가 떠오르면 눈을 감고도 바로 적어야 해서 그렇다고 한다.

아이디어가 떠오르면 바로 기록해 두어야 한다. 떠오르는 영감은 기다려 주지 않는다. 기회의 여신은 뒷머리가 없다. 직감과 영감은 찰나의 순간에 온다. 그래서 언제 어느 때이든 메모 할 준비를 해야 한다.

나에게 제일 편한 메모지는 스마트폰 앱이다. 생각이 떠오르면 그냥 스마트폰을 열어서 마구 저장한다. 길을 가다가도 아이디어가 떠오르면 잠깐 멈춰서 메모한다. 운전하다가 좋은 생각이 나면 음성녹음을 켜서 녹음한다. 잠자리에 들어서 뭔가 생각나면 스프링처럼 튀어 올라 스마트폰을 켜고 써 둔다. 직관이 떠오를 때 바로 기록해 두지 않으면 나중에 기억해 내기가 어렵다. 기억을 마구 더듬어 겨우 생각해 낼 때도 있지만 대부분 생각이 나지 않는다. 직관적 생각을 써 놓은 메모는 내가 봐도 내용이 썩 괜찮다. 그런 아이디어를 이리저리 이런 글 저런 글로 입혀서 완성하는 것이다. 메모는 아주 짧은 몇 개의 문장이나 단어가 다이다. 이런 메모가 기초가 되어 장문의 글이 써지기도 한다. 한 꼭지의 주제가 되기도 한다.

좋은 생각이 떠올랐는데 메모할 도구가 없으면 정말 난감하다. 외워 보기도 하지만 결국 까먹는다. 그렇게 놓친 좋은 아이디어가 참 많다. 그렇게 지나가 버린 아이디어들이 때론 정말 그립다. 그래서 꼭꼭 메모해 두어야 한다. 내가 전문 작가가 되었을 때, 소재의 고갈에 시달릴 때 그런 메모들이 오아시스가 되어 줄 수 있을 거라고 믿는다.

예비 작가 슬럼프 극복하기

책을 쓰다 보면 슬럼프가 찾아온다. 책을 쓰는 게 무진장 하기 싫어질 때가 오는 것이다. 글자 울렁증이 온다. 쓰기가 싫어서 다른 잡일이 더 좋아지기도 한다. 아무튼 정말 더럽게 쓰기 싫어진다. 슬럼프가 온 것이다.

책을 읽는 건 참 재미있다. 좋은 책은 밤을 새워도 시간 가는 줄 모른다. 웬만큼 질리도록 독서를 하지 않는 이상 신물이 나지 않는다. 그런데 책 쓰기는 금세 슬럼프가 온다. 돈을 받고 글을 직업적으로 써도 슬럼프는 온다고 한다. 글이 그렇게 쓰기가 싫어진다고 한다. 다행인 점은 슬럼프가 나에게만 오진 않는다는 것이다. 누구에게나 온다. 심리학적으로 말하면 에고는 반복되는 일을 싫어한다. 반복이 싫은 에고가 슬럼프를 일으키는 것이다. 에고는 아주 강력해서 보통은 에고에게 진다. 쉬어야 한다.

쉬어도 안 되면 어떻게 할까? 원칙상 휴식을 넘어 글쓰기를 중단하면 안 된다. 루틴을 깨는 것은 금물이다. 슬럼프 극복을 위해 잠시 쉬는 건 좋지만 곧 복귀해야 한다. 한번 쉬면 계속 쉬고 싶다. 게으름과 나태는 슬럼프도 없다.

그러면 어떻게 할까? 사실 방법은 없다. 그냥 억지로 스스로를 일으키는 것이 최선이다. 일정 기간의 휴식 후에는 억지로 이전 루틴대로 하는 수밖에 없다. 일정한 시간에 그냥 글을 쓰는 게 극복하는 것이다. 몸이나 정신에 문제가 생긴 번아웃이 아니라면 원칙대로 하는 게 극복하는 길이다.

사람은 관성과 습관이 있다. 습관을 들이려면 최소 21일간 같은 행동을 반복하면 된다. 그럼 뇌가 그 행동을 해야 되는 것, 당연한 것으로 받아들인다. 안 하면 불안해진다. 뭔가 찝찝해진다. 습관이 된 것이다. 습관을 계속하면 관성이 생긴다. 어떠한 행동을 계속하려는 힘이다. 그 방향으로 계속 나아가려는 힘이다.

치아 교정을 하고 나면 유지 장치를 붙인다. 아주 얇은 철사를 치아 안쪽에 단단히 붙이는 교정 유지 장치는 짧으면 2년 정도 붙인다. 그런데 치과 의사들을 "그냥 평생 하는 거라고 생각하고 계속 끼고 지내세요."라고 한다. 치아가 원래 자리로 돌아가려는 관성이 세서 그렇단다. 나도 치아 유지 장치를 15년째 붙이고 있다. 처음에나 거슬리지 시간이 지나니 하나도 불편하지 않다. 치아도 못생겼던 원래대로 돌아가지 않고 그대로 잘 유지되고 있다.

계속 글을 쓰면 관성이 생긴다. 쓰지 않으면 마음이 섭섭하다. 하기 싫고 쓰기 싫어 죽겠다면 좀 쉬어 줘야 한다. 회복하는 시간을 주는 것이다. 그리고 다시 루틴으로 복귀해야 한다. 이게 원칙이다. 하기 싫어지는 것은 띄엄띄엄해서 그렇다. 운동도 월수금, 화목토 이렇게 하면 재미가 없고 하기 싫다. 그냥 10분이라도 좋으니 월화수목금토 쭉~~~~~~ 해야 한다. 그러면 하기 싫어 죽겠지만 자동으로 쓰고 있는 자신을 발견할 것이다.

시간과 공간을 정하고 매일 쓴다

처음 글쓰기 습관을 들일 때는 시간의 길고 짧음을 떠나서 매일 꾸준히 썼다. 처음에는 15분이나 30분처럼 비교적 짧은 시간을 잡았다. (15분도 부담된다면 5분만 써도 된다.) 처음부터 장시간 글쓰기를 하려면 용두사미가 되어 버려 자책만 하게 된다. 그러니 습관이 되기까지는 무리하지 않고 쓴다. 그러다가 '아! 이제 본격적으로 써도 되겠다.' 싶으면 시간을 늘려 쓴다.

글 쓰는 습관을 들이기 시작할 때는 매일 쓰기 위해 집도 좋고 카페도 좋고 편한 대로 썼다. 그저 매일 쓰는 것을 목표로 했다. 하지만 본격적으로 책을 쓰기 시작한다면 공간도 정해 놓는 것이 좋다. 시간과 공간을 안정화시켜 시간과 공간에 적응하는 시간을 줄이는 것이다.

어느 작가님은 책 쓰기를 하는 것이 하루 15분이면 괜찮다고 했다. (온전히 쓰는 시간만) 그런데 나는 아무리 해 봐도 최소 1시간은 필요했다. 앉자마자 바로 글쓰기로 집중해서 들어가지지 않았다. 워밍업 시간이 필요했다. 쓰다 보면 집중력이 떨어지고 지치는 시간이 왔다. 약 1시간쯤 썼을 때가 그랬다. 학교 다닐 때 50분 수업, 10분 휴식에 길들여져서 그런 건지는 모르겠다. 1시간쯤 되면 기지개도 켜고, 음료도 마시고 눈 운동도 하고 몸도 움직이고, 창밖도 내다보았다. 그리고 다시 집중했다. 자연스럽게 패턴이 만들어졌다.

책을 쓰는 것이라면 쓰는 시간을 하루 1시간 정도는 잡는 것이 좋다고 생각한다. 아무리 한 꼭지의 주제를 정하고 기획을 했어도 생각이 안 떠오를 때도 있고 헷갈려서 자료를 찾아봐야 할 때도 있다. 앞서 말한 대로 장소도 정해 놓고 쓰면 훨씬 몰입이 빨리 된다. 바뀌면 시간에의 적응, 공간에의 적응이 필요하다. 비교적 같은 장소, 같은 시간에 글을 쓰는 것이 더 빨리 집중할 수 있다.

시간과 공간을 정하고 나서는 근무한다고 생각했다. 책 쓰는 시간은 근무 시간인 것이다. 이 책을 끝까지 쓸 수 있었던 것은 매일 시간과 장소를 정해 놓고 근무하듯 썼기 때문이다.

데드라인이 있어야 사람은 움직인다

나는 되게 게으르다. 마감이 없으면 나무늘보처럼 도무지 움직이질 않는다. 그런데 직장 생활을 엄청 잘했다. 직장은 항상 데드라인이 있었기 때문이다. 학교생활도 잘했다. 벼락치기가 거의 고수급이었다. 벼락치기가 통하지 않은 건 수능뿐이었다. 수능은 정말 실력이었다….

데드라인이 없으면 사람은 늘어진다. 책을 쓰기 시작했을 때 나의 데드라인은 아이들 방학이었다. 아이들 방학에는 글쓰기가 어렵다. 루틴을 지키기도 어렵다. 그래서 초고를 아이들 방학 전에 완성하기로 했다. 약 1~2개월 안에 초고를 쓸 수 있을까 싶었지만 해낼 수 있었다. 다행히 맨땅은 아니었다. 작가가 되기로 마음먹고는 글쓰기 책, 책 쓰기 책을 읽으며 자료를 잔뜩 수집해 두었다. 글쓰기 습관을 들이는 것은 진작 시작했기에 글쓰기에 관성도 붙어 있었다. 어느 정도 글 쓰는 루틴이 잡혀 있는 상태에서 본격적으로 책을 썼다. 오전 9시부터 1시~5시까지 글을 썼다. (마지노선은 하루 최소 4시간 이상이었다) 죽기 살기로 썼다. 끝내야 될 시간이 다가오면 눈도 침침하고 신물이 났다. 그래도 안 쓸 수가 없었다. 데드라인이 주는 압박감 때문이었다.

나와의 약속이었지만 결심이 굳었기에 할 수 있었다. '반드시 책을 내고야 말리라. 게다가 이제 곧 아이들 방학이 다가온다. 방학이 오면 나는 책 쓰기를 중단해야 한다.' 이런 강제적 데드라인이 없었다면 분명 차일피일 미루었을 것이다.

다른 일은 모두 후순위가 되었다. 데드라인 안에 초고를 쓰는 것. 이 목표를 달성하지 않으면 안 된다는 생각에 집중해서 써 나갔다.

시간이 촉박했지만 출퇴근해야 하는 직장이 없는 것도 신의 한 수였다. 아이들 하교 전 하루를 통으로 쓸 수 있었다. 그러기에 달릴 수 있었다. 만약 하루에 일정한 시간밖에 낼 수 없다면, 그에 맞는 데드라인을 잡았을 것이다. 직장에 다녔다면 삼 개월이나 육 개월쯤으로 잡고 퇴근 후에 책을 썼을 것이다.

데드라인은 합리적으로 잡아야 한다. 촉박하게 잡는 것은 좋지 않다. 너무 촉박한 데드라인은 사람을 조급하게 해서 포기하게 만든다. 루즈한 데드라인도 좋지 않다. 사람을 늘어지게 만들어 역시 포기하게 된다. 적당히 어려운 데드라인을 잡고 책 쓰기를 하는 것이 좋다.

시간을 잘 써야 한다

항상 시간에 쫓겨 동동거렸다. 입버릇처럼 하는 얘기가 "왜 이렇게 시간이 없냐."였다. 별 큰일을 하는 것도 아닌데 뭐 그리 할 일들이 많은지….

작가가 되기로 결심한 이후 시간 확보를 하기로 했다. 해야 한다고 생각했던 일들을 많이 끊어 내었다. 생각해 보면 굳이 내가 해야 할 필요가 없는 일들이었다. 그런 일들을 끊어 버리고 나니 시간이 많이 확보되었다. 데드라인도 정했다. 정해진 시간 안에 글을 써야 했다. 할 일의 경중을 따지고 효율을 따지게 되었다. 책을 내겠다는 결심이 없을 때는 먼저 생활 속 일들을 했다. 살림이나 아이들 학교 일들, 학부모 교류 등. 그런 일들에 시간을 많이 썼다.

책을 쓰기로 하고서는 책 쓰기를 먼저 한 후에 다른 일들을 처리했다. 다른 일의 처리 시간이 책 쓰는 시간과 겹치지 않게 스케줄을 조정했다. 별로 중요하지 않은 일은 가족에게 부탁했다. 아이들에게 소정의 용돈을 주어 타협을 했다. (1000원에 설거지 한 판 식으로) 생활도 단순화시켰다. 놀러가는 것을 그리도 좋아했지만 주말에 놀지 않았다. 주말은 각종 잡일들을 처리하는 시간이어서 놀면 안 되었다.

시간을 잘 분배해서 아껴 써야 했다. 삼성 故 이건희 회장은 이런 말을 했다. "선택과 집중." 선택과 집중을 하지 않으면 시간에 자꾸 쫓겼다. 글 쓰는 시간만큼은 최대한 지켰다. 지금 당장 발등에 불이 떨어진 일이 아니고서는 '선 글쓰기 후 나머지 일들'을 지켜 나갔다. 글쓰기 시간을 뒤에서 줄이는 일이 있어도 먼저 글을 쓰고 일처리를 했다. 일단 한 줄이라도 쓰고 일처리를 했다. 제법 꼭지들이 쌓여 갔다. 그러면 그럴수록 속도를 높였다. 밀어붙여서 책을 완성하고 싶었다. 그러자 시간을 두 배로 세 배로 쓸 수 있었다.

책을 쓰는 데만 시간을 쓰지 않았다. 사람은 휴식이 없으면 방전된다. 나는 쌩쌩한 이십 대가 아니므로 충분히 쉬어 주어야 했다. 몸에 무리다 싶으면 노트북을 덮고 쉬어 주었다. 별거 없이 누워서 영화나 TV를 보기도 했다. 친구들을 불러내어 커피도 마시고 수다도 떨었다. 쉬어 주니 충전이 되었다. 그런 휴식에도 무조건 지키는 원칙은 선 글쓰기였다. 5분이라도 쓰고 쉬었다.

사점(데드 포인트)을 넘어야 한다

사점(死點, Dead Point): 장거리를 달릴 때 뛰기 시작한 지 얼마 안 되어 숨이 차며 고통을 느끼게 된다. 이때의 극단적인 고통의 시점을 말한다. 운동 강도가 강할수록 빨리 사점에 도달한다. 트레이닝을 잘 쌓은 사람에게는 사점이 강하게 느껴지지 않는다. (체육학대사전)

사점은 운동할 때 쓰이는 말이다. 마라톤같이 계속되는 운동을 하다 보면 죽을 것 같은 고통의 지점을 만나게 된다. 대부분의 사람들은 고통을 참지 못하고 운동을 멈춘다. 그것을 견디고 넘어가면 몸이 날아갈 듯 편안해지고 쾌감이 온다. 이것을 사점 즉 데드 포인트라고 부른다. 이때의 쾌감은 마약과 같아서 이것을 느끼기 위해 운동 중독에 빠지기도 한다.

작가가 되는 것도 마찬가지이다. 온다…. 죽을 만큼 하기 싫거나 죽을 만큼 그만두고 싶을 때가. 현타가 너무 쎄게 오기도 한다. 그때 그 시점을 넘어가야 책을 완성하고 작가가 될 수 있다.

데드 포인트가 왜 데드 포인트로 불리겠는가. 사점의 사는 한자로 죽을 死 자를 쓴다. 죽을 만큼 힘이 드는 시점이다. 작가를 포기한다는 건 미치도록 지겹거나 작가가 되지 못할 것 같거나, 출판사에서 주구장창 거절을 당했거나와 같은 심리적인 압박만 있는 것이 아니다. 가족이 중병에 걸렸거나 본인이 아프거나 도저히 글을 쓸 수 없는 상황에 빠지게 되는 것을 포함한 모든 것이다. 도저히 할 수 없는, 더 이상 못 하겠는 그 순간. 포기하는 것이 더 나을 것 같다는 마음의 소리들. 희망을 꺾는 주변인들, 주변 상황들. 지긋지긋함. 심장의 고통. 그때. 그 순간. 그 상황을 견디고 나가는 것. 그게 진정한 힘이고 능력이다.

작가뿐 아니다. 세상 어떤 일이든 목적을 달성하려면 이 포인트를 넘어가야 한다. 이것을 지나면 어떤 위대함이 찾아온다. 엄청난 어떤 위대함이 아니다. 어떤 극한의 점을 넘어서야 가질 수 있는 위대함의 순간이다. 꼭 그 순간을 넘길 바란다.

작가 강의 듣기

몇 년 전에 작가 무료 컨설팅을 받은 적이 있다. 미끼 컨설팅이었다. 상담을 받고 해 볼 만하면 강의와 스터디에 등록을 하는 시스템이었다. 상담을 해 보니 생각보다 비용이 비쌌다. 게다가 당시에는 도저히 그 스케줄에 맞춰 시간을 낼 수가 없었다. 선생님도 뭔가 나와는 맞지 않았다. 아쉽지만 참여를 하지 않았다. 그렇게 작가의 꿈은 한 켠에 넣어 두고 다른 일들로 시간은 흘러갔다.

그러다가 다시금 작가의 꿈이 생각나 '작가 되기' 검색을 하고 유튜브를 보았다. 알고리즘의 힘이란! 작가 강의 광고가 계속해서 뜨는 것이다. 이번에는 '해야겠다!' 싶어 바로 결제를 하고 강의를 들었다. 많은 책을 읽는 것도 좋지만 제대로 커리큘럼을 갖춘 강의를 듣는 것은 정말 효과적이었다. 작가를 꿈꾸는 사람이라면 강의를 듣는 것도 괜찮다. 어떤 강의여도 상관이 없지만 자신에게 맞는 강의가 있고 안 맞는 강의가 있다. 그것만 잘 구분해서 강의를 듣는 것이 좋다.

사실 강의 내용은 글쓰기, 책 쓰기 책을 찾아보면 다 있는 내용이다. 그런데도 강의로 듣는 것이 더 효율적이 될 수 있다. 머리에 훨씬 잘 들어오고, 강의를 들으며 내 상황에 맞추어서 생각할 수도 있다. 그건 강사의 역량일 수도 있고 마케팅 능력일 수도 있다.

내가 들은 작가 강의는 31강 정도 되는 강의였다. 한 강의 한 강의가 머리에 쏙쏙 들어왔고 작가의 길이 보였다. 나도 할 수 있다는 생각이 들었다. 작가님 본인이 맨땅에서 시작해 베스트셀러 작가가 되어서 그런 것 같았고 동질감이 느껴졌다. 후에 다음 강의에서 그것이 강의 마케팅 비법이라고 했다. 나도 할 수 있다는 생각이 들게 하는 것. 나는 아주 보기 좋게, 그러나 감사하게도 그 마케팅에 넘어간 것이다.

작가가 되기로 했으면 강의를 잘 선별해서 보면 좋다. 유료 강의도 많고 온라인 무료 강의들도 많다. 마음먹고 잘 찾아서 얼마간 집중해서 들어 보자. 특히 강의는 본인에게 잘 맞는 강의를 듣는 것이 중요하다. 그런 강의를 잘 듣고 나면 보이지 않던 '작가가 될 수 있는 길'도 보인다. 책에서 이해되지 않던 부분이 이해가 되기도 한다.

강의를 들을 때는 최신 강의를 듣는 것이 좋다. 글쓰기는 그리 시간을 타지 않는다. 반면 책 쓰기는 시대의 트렌드를 알아야 하는 면이 있다. 그래서 최신 트렌드가 반영되는 최근 강의가 좋다.

책 쓰기 스터디는 서로를 끌어 주는 견인차

혼자 가는 길은 힘들다. 포기하기 쉽다. 버티기가 힘들다. 강철 같은 의지나 강제가 없으면 사람은 쉽게 그만둔다. 그렇다고 코칭이나 강의에 돈을 들일 형편이 안 된다면 스터디를 활용하는 거나 책 쓰기 모임에 참석하는 것을 추천한다. 나도 온라인으로 글쓰기 강의를 듣고 오픈 톡방에 가입했다. 동기들의 톡을 보면서 상당한 동기 부여가 되었다.

예전에 다른 종류의 스터디를 한 적이 있다. 아이엘츠(IELTS)라는 영어 능력 테스트 시험 스터디였다. 결론적으로 스터디가 힘을 받쳐 주어 포기하지 않고 목표했던 점수를 받을 수 있었다. 공부를 안 하고 스터디에 가면 상당히 자극이 되었다. 다들 실력이 늘어 있는 것을 보면 해이해질 수가 없었다. 시험 날짜는 정해져 있고 나도 꼭 원하는 결과를 얻고 싶었다. 잘 모르는 것은 서로 열심히 도와주었다. 상대평가도 아니었고 다들 절실했기에 서로를 격려하며 열심히 했다. 어디 가서 물어보기 애매한 것이 있으면 서로 묻고 답하며 꾸준히 열심히 했다. 서로가 서로를 끌어 주었다. 서로 그렇게 으쌰으쌰 하게 되면 좋은 기(氣)를 주고받는다.

목적을 가진 모임은 힘이 있다. 단순 글쓰기 모임은 끝까지 가기 어렵다. 각자가 가진 글쓰기 목적이 다 달라서 하나의 구심점이 되기 힘들다. 그러나 책 쓰기 스터디는 다르다. 책을 출판한다는 공통의 '목적'이 있다. 그래서 결과를 만들 가능성이 크다.

스터디를 할 때 지키는 룰이 있다. 수준별이다. 초급이면 초급, 고급이면 고급 스터디에 있어야 한다. 그래야 서로 주고받는다. 초급인데 욕심을 부려 고급에 들어가면 안 된다. Give and Take, 주고받아야 한다. 자신만 이득을 보려는 얌체 같은 마음을 버려야 한다. 초급 스터디면 서로 비용을 갹출해 작가님이나 코치님을 모시면 된다. 그게 훨씬 능률적이고 눈치 볼 것도 없이 깔끔하다.

스터디를 하건, 오픈 톡방에 가입을 하건 서로가 힘이 되어주는 모임에 들어가야 한다. 내 의지가 흔들리고 현타가 올 때 함께하는 사람들의 힘만큼 크고 강한 것이 없다.

전자책과 블로그로 내 자리를 높였다

책을 쓰려고 하니 정말 막막하였다. 내세울 만큼 이루어놓은 것이 없어서 더 그랬다. 조금 아는 분야들이 있었지만 그게 책으로 낼 만한 메리트가 있는지 또는 그런 수준이 되는지 의문스러웠다. 내 기획과 비슷한 기존 출판 책들도 이미 많았다. 처음 펜을 든 예비 작가였던 나에게 출판 시장은 너무 높은 벽과 같이 느껴졌다. 그 압박감을 인식하자 깨달았다. '이거구나! 내가 이 압박감으로 작가의 벽을 넘지 못해서 아직까지 작가가 되질 못했구나!'

고민이 되었다. 젊고! 팔팔하고! 의욕에 넘치고! 야망이 있으며! 머리가 잘 돌아가던! 젊은 시절에도 넘지 못한 작가의 벽을 한 텀 꾸겨진 지금 넘을 수 있을까?

아는 게 힘이다. 시대도 좋아졌다. 온라인 세상은 기존에 안 되던 많은 것들을 되게 해 주었다. 누구에게나 축복일 수 있다.

방법은 넘지 못할 것 같은 넘사벽의 높이를 낮추거나 스스로가 높아지는 것이었다. 벽이 100M라면 벽을 50M로 낮추거나 나를 50M 높이는 것이다. 내가 있는 곳이 50M 높아지면 100M 벽을 넘어 볼 엄두가 난다. 그 방법으로 나는 PDF전자책을 선택했다. (앞으로 이 책에서 쓰는 전자책은 PDF전자책을 일컫는 것으로 하겠다.) 전자책 이전에는 블로그를 선택했다. 블로그를 선택한 것은 원래 SNS 비즈니스를 위해서였다. 그러나 결과적으로 블로그에 글을 쓴 경험이 전자책을 쓸 수 있는 원동력이 되어 주었고, 전자책을 쓴 경험이 지금 이 종이책을 쓸 수 있게 해 주었다. 나를 조금씩 높여 넘사벽 같던 높은 출판의 벽을 넘는 것이다.

블로그의 장점은 진입장벽 자체가 없다는 점이다. 진입장벽은 없지만 심각한 레드오션이다. 블로그라는 레드오션에서 살아남아야 할 뿐만 아니라 수익 창출까지 해야 한다. 괜히 세간에 황금 키워드란 게 돌아다니는 게 아니다. '검색량 = 돈'이기 때문이다.

작가가 되기 위해 블로그를 시작하는 건 다른 이야기이다. 글쓰기를 시작해 보고, 반응도 보고, 나를 알리는 작업도 해 보는 것이다. 10M 정도 나를 높여 보는 작업이다. 자꾸자꾸 쓰고 인지도를 넓히면 50M까지 올라갈 수 있다. 블로그에 쓴 글을 모아서 출판도 노려볼 수 있다.

※ 참고로 나는 이때 쓴 블로그 글들을 나중에 비공개로 처리했다. 너무 부끄러운 허세 가득한 글들이었기 때문이었다. 공개 글쓰기 연습은 아주 잘했으니 미련은 없다.

다음으로 전자책 발행이었다. 전자책 시장은 일반 출판 시장과 성격이 다르다. 전자책을 구매하는 니즈(Needs)가 다르기 때문이다. 출판 책은 곁에 두고 오랫동안 볼 수 있고 소장하고 싶은 책을 산다. (나는 그렇다.) 반면 전자책은 시대의 흐름에 딱 맞는 책을 구입한다. 보통 지금 당장 필요한 노하우를 얻기 위해 구매한다. 모으기엔 시간이 너무 많이 걸리는 자료들을 모아서 팔기도 한다. 말 그대로 누군가 손품을 판 지식을 돈을 주고 사는 것이다. 시간을 돈과 바꾸는 것이다. 전자책 시장의 성격을 파악한 후 도전해 보기로 했다. 판매가 많이 되고 어쩌구보다는 플랫폼에서 판매 승인이 되어 전자책 작가 타이틀을 달아 보는 것이 목적이었다.

SNS 바닥에서 개인 비즈니스를 하는 것이 밑천이 되어 주었다. 그런 경험들을 바탕으로 전자책 3권을 출판했다. 첫 권은 내가 아는 얕은 지식과 자료를 모아서 썼다. 첫 승인 때 얼마나 기쁘고 떨렸는지 모른다. 두 번째는 첫 번째 전자책을 토대로 썼다. 이 3권은 종종 팔려 치킨 값을 벌어 준다. 더 좋은 것은 내 마음의 벽을 약 50M 높여 주었다는 것이다. '되는구나!', '작가가 되어 볼 수 있겠구나!' 마음의 높아진 높이가 이 책을 쓸 수 있는 자리로 이끌어 주었다.

첫 책은 종이책으로 내라는 이야기가 있다. 내가 읽은 다수의 책 쓰기 책에서도 그렇게 얘기했고, 나에게 조언을 해 주신 분들도 그랬다. 아마 정석일 것이다. 하지만 나와 같이 출판 작가의 벽이 너무 높아 보이면 포기하지 말고 방법을 조금만 바꾸어 보자. 자신의 가치를 높이는 일환으로 전자책이나 글 블로그, 북스타그램, 글스타그램을 운영해 보는 것이다. 하다 보면 글쓰기 실력이 늘고, 하다 보면 결국 출판 작가가 될 수 있다.

* Tips

단 단순 자료 모음집, 황금 키워드 모음과 같은 건 전자책은 몰라도 출판 작가가 되기 위해서는 비추이다. 별거 아니어도 내 경험이나 생각을 녹여낸 글을 쓰는 것이 좋다. 그것이 퍼스널 브랜딩에도 훨씬 도움이 된다.

종이책이 좋다 전자책은 기회이다(종이책 작가 vs 전자책 작가)

'작가라 함은 응당 종이책을 출판한 사람을 일컫는다.'라는 것이 예전 나의 고정관념이었다. 내 이름으로 된 (종이)책 한 권은 있어야 소위 '작가' 아닌가!

요새는 시대가 달라졌다. 작가가 될 수 있는 수많은 기회가 생겨났다. 위에서도 말했듯이 나는 일단 전자책을 냈다. 전자책 작가를 먼저 시작함으로서 종이책 작가를 할 수 있는 마음밭을 일구었다. 그런데 왜 종이책을 더 쳐 줄까? 책에도 등급이 있어서일까? 절대로 그런 건 아니다. 전자책 작가가 더 낮고 종이책 작가가 더 높은 서열에 있지 않다. 다만 전자책과 종이책의 콘텐츠 분야가 다를 뿐이다. 요즘은 그 경계도 많이 없어진 듯하다.

한때 영화계에서 TV 분야를 무시한 적이 있었다. 영화배우면 뭔가 더 높고 진짜배기이고 TV탤런트라면 좀 무시했었다. 지금은 어떨까? 탤런트와 영화배우의 차등이 없다. 더구나 넷플릭스나 디즈니 플러스 등의 플랫폼이 들어왔다. 영화만 찍던 배우들도 이쪽으로 많이 진출했다. 콘텐츠만 좋으면 플랫폼은 별로 문제가 되지 않는다.

전자책이 적성에 맞으면 전자책 작가도 좋은 선택이다. 나는 앞으로도 좋은 기획이 떠오르면 전자책을 계속 낼 것이다. 전자책에 맞는 콘텐츠가 있고 출판에 맞는 콘텐츠가 있다. 앞으로 전자책이 더욱 대세로 떠오를 수도 있다. 종이책 작가들도 전자책이나 e북으로 넘어올 수도 있다. 그러니 플랫폼을 개의치 말고 일단 작가가 되기로 했다면 글을 써서 출판까지 해 보는 게 좋다.

세상은 넓고 기회는 많다. 각각의 장단점을 잘 파악하고 그에 맞는 글을 써서 내 글을 세상 속으로 내어놓아 보자. 작가의 길이 당신에게 미소를 띠며 성큼성큼 다가올 것이다.

대박 말고 중박, 중박도 안 되면 소박을 목표로

일단 '박'은 목표로 하고 썼다. 이것이 최소한 출판사나 나 자신에 대한 예의라고 생각한다. 안 팔리는 책을 출판하고 싶은 출판사는 없다. 사업이기 때문이다. 하지만 앞서 이야기한 대로 베스트셀러를 목표로 하다가는 지레 질려서 그만둘 수 있다. 나쁜 작가는 "안 팔려도 되니 책을 출판해 달라."는 작가이다. 자비 출판이어도 내가 출간에 쓴 본전은 뽑고 싶다.

운동선수가 올림픽에 나가려면 혼자만의 힘으로 되지 않는다. 개인의 재능과 노력은 아주 중요하다. 그러나 우승에는 함께 뛰는 스텝이 있다.

코치도 있고 감독도 있다. 사람들 앞에 서야 하니 유니폼도 입어야 한다. 올림픽에 참가하기 위한 교통과 숙박도 있어야 한다. 일정 세팅도 해야 한다. 개인이 출전을 하더라도 크던 작던 이 모든 것을 함께하는 팀이 존재한다.

상업 출판이면서 하나도 안 팔리는 책을 써 버리면 나만 망하는 것이 아니다. 출판사도 피해를 입게 된다. 내가 '작가' 타이틀을 얻은 것에만 만족하면 안 되는 이유이다. 같이 흥해야 한다. 나도 잘되고 출판사도 잘되어야 한다.

자비출판이어도 책을 내고 망하면 안 된다. 자비로 낸 책을 기반으로 뭐라도 할 수 있게 잘 써야 한다. 아무리 작가라는 타이틀이 목적이라고 해도 자신이 드러나는 것인 만큼 최선을 다해야 한다.

자비출판이어도 그 작가의 책이 별로인 것은 아니다. 출판사의 선택을 못 받았다고 기죽지는 말자. 발라드 황제 이승환의 첫 앨범이 자비였음을 아는 사람은 많지 않다. 이승환은 첫 앨범을 자비로 낸 후 음악성과 스타성을 인정받아 발라드의 황제가 될 수 있었다.

출판을 하고 나서도 판매를 위해 작가가 함께 노력해야 하는 시대이다. 몰랐었다. 그냥 소박한 내 원고를 출판사에 들이밀기만 하면 되는 줄 알았다. 내 원고를 (고맙게도) 받아 줘서 출판을 하게 되면 떡하니 작가가 되는 줄 알았다. 그 후의 일들은 다 출판사에서 '알아서' 해 주는 줄 알았다. 나의 역할은 원고를 내는 것으로 끝나는 줄 알았다. 착각이었다. 출판계의 흐름을 몰라도 너무 몰랐었다. 심지어 작가 강의를 들으면서도 이해를 못했었다. 작가가 왜 SNS를 해야 하는지, 왜 북토크란 걸 하는지, 왜 인터뷰를 하는지….

이미 베스트셀러 작가라는 네임밸류가 있다면 또 모르겠다. 은둔해도 될는지. 베스트셀러 작가가 내는 책이라는 자체가 마케팅이 되기 때문이다. 어느 정도 보증수표이기 때문이다. 하지만 나 같은 쌩초보 작가라면 뛰어야 한다. 출판사와 함께 건 혼자건 발이 닳도록 뛸 결심을 해야 한다.

이 책은 최소 '소(小)박'은 목표로 하고 있다. 대(大)박이 안 되면 중(中)박이고 중(中)박도 못 되면 소(小)박이라도 칠 계획이다. 그래야 출판사도 내 책을 픽한 것이 좋은 일이 된다. 자비출판이어도 일정 비용은 회수할 수 있고, 책을 기반으로 무엇이든 할 수 있는 길이 열릴 수 있다.

본질을 잃지 말 것

아무리 세상에 맞추는 글을 쓰더라도 작가라면 절대 잃지 말아야 할 것이 있다. 본질을 잃어서는 안 된다. 진정성, 정체성, 진심, 작가라는 아이덴티티.

김호중의 〈풍경〉이라는 노래가 있다. "세상 풍경 중에서 제일 아름다운 풍경. 모든 것들이 제자리로 돌아가는 풍경" 아이는 아이답고, 선생은 선생답고, 학생은 학생답고, 운동선수는 운동선수답고, 작가는 작가다워야 한다.

부캐 유행 시대이다. 유재석은 코미디언이자 MC라는 유재석의 본캐 말고도 부캐가 많다. 가수인 '유산슬', 신박기획사 대표 '지미유', MSG 워너비 제작자로 지미유의 쌍둥이 동생인 '유야호' 등 수도 없다. 다른 예능인들도 부캐가 많다. 개그우먼 김신영의 부캐 '다비 이모', 박나래의 '조지나' 등. 이름은 없어도 부업을 통해 부캐를 가진 유명인들도 많다. 가수 송민호는 화가를 겸해서 한다. 가수 박재범은 기획사의 사장이자 원소주의 CEO이다. 『돈의 속성』의 김승호 회장 역시 작가는 그의 부캐이다. 요즘은 유명인들을 넘어서 일반인들도 부캐를 만든다. 현재의 '나' 말고 다른 재능을 펼쳐 보일 수 있는 '나'를 만드는 것이다. SNS에서 컨셉을 잡고 활동하는 캐릭터들이 주로 그렇다. 게임을 하는 사람은 게임 속 내 캐릭터가 있다. 메타버스 중 하나인 제페토는 가상의 나를 꾸미고 노는 놀이터이다.

중요한 것은 본캐나 부캐가 아니다. 책을 쓰는 지금 만큼은 정체성이 '작가'여야 한다는 것이다. 부캐로 작가를 설정했다 하더라도 책을 쓸 때만큼은 작가의 본질을 가지고 있어야 한다. 작가가 되기로 했으면 작가 본질을 잃지 말아야 한다.

작가의 본질은 무엇일까? 바로 제대로 '글'을 쓰는 것이다. 작가는 (본캐는 그럴지언정) 사업가도 선생도 아니다. 작가는 글을 쓰는 사람이다.

'어떻게 하면 진짜배기 글을 쓸까.'를 항상 고민하는 사람이다. 그 본질을 잊지 말아야 한다.

4부

작가 되기 GO! GO!

책 쓰는 건 무조건 기획부터

어부라고 가정해 보자. 물고기가 많이 잡힐 어장으로 갈 것인가 아니면 잡기 힘든 어장으로 갈 것인가. 두말할 것 없이 많이 잡히는 곳으로 갈 것이다. 출판사도 마찬가지이다. 가뜩이나 출판은 불황이라고 한다. 그 와중에 팔리지 않을 책을 들고 오면 출간을 거절할 수밖에 없을 것이다. 내가 쓸 책이 팔릴 것인지 안 팔릴 것인지 이해득실을 따져 보고 고(Go)를 하는 게 맞다. 자서전이나 판매에 관계없는 책을 쓸 것이 아니라면.

글쓰기만큼 중요한 것이 기획이다. 예전 직장에서 어쩌다 광고기획을 한 적이 있다. 말이 좋아 광고기획이지 마케팅에 영업에 오만 가지 것들을 다 했다. 어떻게든 우리 광고를 수주할 클라이언트를 낚아 와야 했다. 처음엔 재밌었는데 나중엔 엄청 스트레스를 받았다. 피부가 강철처럼 튼튼한데 두드러기도 곧잘 났다. 스트레스 때문이었다. 그만큼 기획하고 마케팅 하는 일은 힘들었다. 판매는 곧 회사의 존망과 관련이 있기에 기획, 마케팅, 영업은 정말 중요하고 스트레스 지수가 높다.

책 출판도 기획이 엄청 중요하다. 기획과 주제에 글쓰기 보다 더 많은 시간과 노력을 투자하는 이유일 것이다. 뚜껑을 열었는데 안 팔리는 건 어쩔 수 없다. 그러나 최소한 '팔릴 만한' 책이어야 출판사에서도 받아 줄 것이다. 출판사도 땅 파서 먹고 사는 게 아니라 이윤을 목적으로 하는 기업임을 잊지 말아야 한다. '팔릴 만한' 책이어야 개인에게도 좋다. 너무 안 팔리면 체면이나 경제력은 둘째치더라도 작가의 길을 계속 가려는 힘이 빠질 것이기 때문이다.

책 한 권의 초판 발행 비용이 약 천만 원에서 이천만 원이라고 한다. 잘 생각해 보아야 한다. 내 책이 천만 원 뽕을 뽑을 수 있는 책인지. 책 한 권에 10,000원이라고 하면 1,000권이 팔려야 본전이다. 스스로 질문해 보자. 내 책 1,000권 팔 수 있을까?

요리에도 글쓰기에도 재료는 중요해

미슐랭 가이드 최고 등급의 요리사라도 재료가 별로면 맛없는 요리가 된다. 재료가 나쁘면 맛을 내기 어렵다. 재료가 없다면 요리가 불가능하다. 재료가 있어야 무엇이든 만들어 보는 것이다.

책을 쓰려고 마음을 먹었을 때 진도를 빼지 못했다. 주제를 선정하는데 오래 걸렸다. 주제를 정한 후에는 자료를 찾느라고 그랬다. 재료가 절실했다.

내 경우는 결국 책에서 아이디어(재료)를 제일 많이 얻었다. 책속에 길이 있었다. 책 한 권에 얼마나 많은 재료와 영감과 인사이트가 녹아 있는지 모른다. 고전에는 시대를 넘나드는 영감이 있었다. 최신작에는 트렌드가 보였다.

어떤 책이든 영감과 재료가 풍부하다. 서점에 가서 책 냄새를 맡으며 메모도 하고 베껴 써 놓아 보기도 했다. (나중에 어디서 본 건지 잊어버리기 십상이기 때문에 저자와 도서명을 꼭 같이 써 두었다. 이러면 나중에 인용하기도 훨씬 편하다.) 다른 사람의 글을 읽으면 번쩍번쩍 아이디어가 떠오른다. 도서관에 가면 서점에는 비닐에 쌓여서 못 보는 잡지를 볼 수 있다. 잡지 속엔 오만 가지 아이디어가 있다. 트렌드가 보이고 아이디어가 번쩍인다. 글감이 정말 많다. 프리랜서 작가들이 쓴 위트 있는 글들도 많다. 그냥 보는 것도 재미가 있다. 에디터에 의해서 검증받은 정보들이다. 아주 알차다.

다음으로 강의가 있다. 꼭 글쓰기, 책 쓰기 강의만이 아니다. TED, 각종 대중 강의들, 지식 채널 등 강좌들이 정말 많다, 몇 개만 예를 들어 보겠다. JTBC 〈차이나는 클라스〉, EBS 〈클래스 e〉, 〈법륜스님 즉문즉설〉, tnN 〈어쩌다 어른〉 등 재미있고 유익한 프로그램들이 정말 많다. 강사들의 강의들 듣다 보면 새로운 시각을 알게 된다. 글쓰기 재료뿐 아니라 주제나 목차가 나오기도 한다. 번아웃이 오거나 슬럼프에 빠졌을 때도 좋다. 보다 보면 얻는 것도 있고 재료 수집도 된다. 동기 부여도 된다.

책도 잡지도 별로면 영화나 TV에도 아이디어는 넘친다. 누군가가 고심해서 만든 프로그램들이다. 재미도 재미지만 아이디어가 대단하다. 영화나 TV 평론을 보면 또 거기에도 아이디어가 있다. 분명 나와 같은 프로그램을 봤는데 생각의 차이는 하늘과 땅이다. 서평이나 영화평, 프로그램 평론을 보면서 아이디어를 얻기도 한다.

또는 온라인 포털을 비롯한 각종 SNS를 통해 글의 재료를 얻을 수도 있다. 특히 요즘 젊은 세대들을 알기 위해 SNS는 필수이다. 블로그, 인스타그램. 페이스북, 카카오톡, 유튜브는 기본이다. 그 외에도 틱톡, 디스코드, 텔레그램 등 젊은 층에서 많이 쓰이는 SNS도 알아두면 재미있고 유용한 인사이트가 많다.

그보다 더 좋은 게 있다. 사람에게서 얻는 아이디어들이다. 사람은 그 자체로 살아 있는 이야깃감이다. 기자들은 특종을 얻기 위해 항상 제보를 받는다. 사람의 이야기가 곧 글감이고 글의 재료가 되기 때문이다. 내가 굳이 사람을 만나서 이야기를 시켜 보지 않아도 된다. 잘 관찰하면 된다. 관찰하면 아이디어가 나온다. 글감들이 나온다.

사람 만나기가 싫을 때는 여행을 가도 좋다. 노트북 하나 들고 떠나는 나 혼자 여행도 너무 좋다. 가족과 함께 가는 여행도 좋다. 기분이 환기되면서 좋은 아이디어가 떠오른다.

『세이노의 가르침』에는 이런 이야기가 있다. 문제 해결 등 좋은 생각을 얻기 위해서 인식 상태에서 들어 본 적이 없는 음악소리를 들어 보라는 것이다. 이런 일상의 흐름을 깨트리는 새로운 시도들은 아이디어를 떠올리기에 정말 좋은 활동들인 것이다.

혼자 있는 히키코모리라 해도 글감이 있다. 히키코모리는 일본말로 사회생활을 하지 않고 집 안에만 틀어박혀 있는 사람을 일컫는다. 주제는 히키코모리의 일상과 같은 것이다. 스스로가 아이디어가 되고 스스로가 글감이 되는 것이다. 유튜브에 독거 노총각이라는 채널이 있다. 이 채널의 구독자가 18만 명을 넘은 것으로 알고 있다. 집에서 혼자 밥 먹고 놀고 혼자 이런저런 이야기를 한다. 재미있을 것 같지 않다. 그런데 구독자가 18만 명이다. 혼자 산다고 아이디어가 없지 않다.

여기저기서 아이디어를 수집하다 보면 글감이 나오고, 글감을 가지고 글을 쓰다 보면 나에게 맞는 주제가 나올 수 있다. 아무런 쓸 것이 없다면 아이디어나 글감을 찾는 데 먼저 투자를 해야 한다. 세상에 투자 없는 소득은 없다.

아이디어는 어디서 나올지 모른다

한동안 글만 주구장창 계속 썼다. 노트북 자판을 너무 치니까 손목과 손가락이 아팠다. 그래도 그냥 막 썼다. 매일매일 명확히 잡히는 게 없어서 글만 계속 써 가며 방황하고 있었다. 방향 없는 글이라도 쓰는 습관을 깨고 싶지 않았다. 그러면 정말 작가를 포기할 것 같았다.

그러다가 나의 멘토분을 만났다. SNS 비즈니스를 시작하게 해 준 1인 기업가이시다. 그분이 사는 곳으로 바람도 쏘일 겸 가서 함께 커피를 마셨다. 워낙 바쁜 분이라 그 시간도 내어 준 게 감사해서 멀어도 갔다. 이런 저런 근황 이야기를 하다가 불쑥 고백했다, "저 작가가 되어 보려고요. 내 책 내 볼까 해요." 그러자 그분은 한 치의 망설임도 없이 동의해 주었다. (그분은 이미 책으로 인세를 받고 있는 작가이자 1인 기업가이다.)

"작가가 되어 보려 하신다고요? 아주 잘 생각했어요. 책 꼭 써야 돼요."
"네! 그런데 주제가 없어서 고민이에요."
"주제가 왜 없어요? 전자책도 쓰셨고 하는 일들이 있는데요."
"내가 내세우고 밀고 나가기엔 너무 약한 것 같아서요. 그래도 저는 꼭 책을 써서 작가가 되고 싶어요."

그 말을 듣자마자 멘토님이 망설임 없이 바로 말했다.

"그거 딱 좋네요. 나도 작가가 되기로 했다를 주제를 삼아요. 지금 상황에 딱 맞잖아요."

그 말을 듣자마자 핸드폰에 메모했다. 내 책의 주제로 딱!이었다. 지금 하고 있는 상황들에 아주 딱!이었다. 그렇게 이 책을 쓰게 되었다. 아이디어는 어디에서 굴러 들어올지 모른다. 정말 뜻하지 않은 곳에서 오는 게 보통이다. 그러니 항상 귀를 기울이고 눈을 번뜩이고 있어야 한다. 오픈 마인드로 지내야 한다. 그래야 아이디어가 왔을 때 잡을 수 있다.

주제는 책의 심장

주제를 정하는 시간들은 정말 암흑 속에 있는 시간들이었다. 주제가 명확한 분야에 있는 분들도 고민이 많을 것이다. 가진 주제를 어디에 포커스를 맞추어서 풀어 나갈 것인가로. 그런데 하물며 주제를 정해야 한다면야.

주제 정하기에서 포기할 수 있다. 나도 주제가 정해지지 않아 몇 번이고 책 쓰기를 포기했다. 잘나가는 책 주제를 따라 써 보기도 했다. 주제 따라 하면 얼마 쓰지 않아 글감이 동이 났다. 내 이야기가 아닌 따라 쓰기로 하니 글 우물이 금방 말라 버렸다. 표절이 이래서 안 되는 것이다. 내 이야기가 아니니까 빈 깡통이다. 유행하는 책의 주제를 따라 하기도 했다. 그것 역시 남의 옷을 입은 것처럼 어색한 글만 나왔다. 내 주제가 아니었던 것이다. 다른 이의 주제에 내 색깔을 입힐 수 있다면 그것은 훌륭한 주제가 된다. 하지만 그렇지 않고 따라 하기만 한다면 그 주제는 곧 흥미를 잃어버린다.

주제 정하기는 정말 중요하다. 내가 말하고 싶은 것과 독자들이 읽고 싶은 것이 차이가 날 수 있다. 그런 책은 상업 출판이 어려울 수 있다. 나도 독자로서 읽고 싶은 책을 돈을 주고 산다. 읽고 싶지 않은 주제의 책은 아무리 유명한 작가의 책이어도 사지 않는다. 아니 공짜여도 읽지 않는다. 상업 출판을 하고 싶은데 내가 쓰고 싶은 주제와 잘 팔리는 주제 사이에 괴리감이 크면 더 어렵다. 그 간격을 줄이면서 내가 쓰고 싶은 분야의 주제를 찾아야 한다.

처음 대중서를 쓰려고 하니 주제 정하기가 너무 어려웠다. 내가 쓰고자 하는 주제는 세상에 이미 다 나와 있었다. 거기에 나만의 색깔을 더한다는 것이 책 한 권 내보지 않은 예비 작가로서는 참 어려웠다. 프로 작가들은 흔한 주제여도 자신만의 컬러와 필력으로 괜찮은 책을 낼 수 있다. 그러나 나는 그럴 능력이 안 되니 어려웠다. 나랑 잘 맞는 주제이자 사람들도 관심이 있는 주제를 찾아야 했다. 글을 쓰기도 전에 나가떨어질 판이었다. 그러다 결국 찾고 찾은 것이 '책 쓰기'라는 주제였다.

책 쓰기 주제에 대해서도 관련 책은 이미 많다. 결국 나는 동일 주제지만 나만의 색깔을 더해서 책을 내 보기로 마음을 먹었다. 주제 찾기에서 명심할 것은 '하늘 아래 새것은 없다.'라는 것이다.

주제를 찾고, 책을 기획하는 데 글을 쓰는 것만큼 공을 들였다. 그래도 일단 주제가 정해지자 진도가 쭉쭉 나갔다. 주제와 기획이 잘못되면 처음부터 다 갈아엎어야 한다. 투자한 시간과 노력이 너무 아깝다. 그래서 아주 신중하게 접근해야 한다.

쓰고 싶은 주제가 하나가 아닐 수도 있다. 그럴 경우 서너 개의 주제를 정한다. 그리고는 일단 써 보아야 한다. 조금 쓰다 보면 이거다, 아니다 감이 온다. 나도 책 쓰기를 포함한 몇 개의 주제가 있었다. 그중 하나를 선택하기 어려웠다. 그래서 조금씩 써 봤다. 최종적으로 '나도 작가가 되기로 했다.'가 주제가 되었다. 나머지 주제들도 버리지는 않았다. 아직 그 주제들은 미완의 꽃으로 남겨 두었다. 나중을 위해서 잘 보관해 두었다. 다시 어떤 옷을 입고 세상에 나오게 될지 모르니까.

주제는 책의 심장이다. 심장이 없는 사람은 죽은 사람이듯 주제가 없는 책은 죽은 책이다. 주제가 없으면 책도 없다.

주제를 찾는 방법

주제를 찾는 방법은 첫째 '내가 잘 아는 분야, 할 말이 많은 분야'에서 찾는 것이다.

집을 구입할 때 보통 자기가 사는 동네를 고른다고 한다. 구석구석 잘 알고 장단점을 잘 파악하고 있기 때문이다. 책도 그렇다. 내가 잘 아는 분야에서 주제를 잡는 것은 책을 쓰는 데 큰 힘이 된다. 자료를 찾는 것도 그만큼 수월하다. 쓸 거리도 많이 보인다.

둘째, 내가 관심이 많은 분야, 좋아하는 분야에서 주제를 찾는 것이다.

너무도 가난해서 성공과 부자에 대해 관심이 많은 청년이 있었다. 대학 학비를 벌기 위해 잡지사의 기자로 일하던 청년은 당대의 거부인 앤드루 카네기를 만나게 되었다. 부자가 되는 길을 묻는 청년에게 앤드루 카네기는 20년간 부자들을 인터뷰하라고 하였다. 청년은 20년간 부자들을 찾아다니며 인터뷰를 했고 인터뷰를 분석하여 책으로 냈다. 그것이 나폴레온 힐의 『생각하라 그리고 부자가 되어라』이다. 이 책은 성경 다음으로 많이 팔린 성공철학서가 되었다. 나폴레온 힐 본인도 부자를 분석해서 알아낸 성공철학을 평생 실천하고 살았다고 한다. 그는 부자로 살았으며 미국 대통령의 고문관까지 지냈다. 책의 주제를 찾다가 책을 통해 부와 명예를 얻은 케이스이다.

주제는 이렇게 정해지기도 한다. 자신이 관심이 많은 분야를 조사하는 건 재미가 있다. 진도도 잘 나간다. 관심 있는 분야를 공부하다 보면 자연스럽게 관련 지식이 쌓인다. 그 분야에 대한 통찰력도 생긴다. 조사하고 공부하고 깨달은 점을 글로 써서 출판하면 된다.

이 책은 두 번째 케이스이다. 나는 작가가 되고 싶었다. 작가가 되려면 어떻게 해야 하는가를 관심을 갖고 조사했다. 나와 맞지 않는 주제도 여러 번 골라 글을 써 보았다. 당연히 실패했다. 그런 경험들이 다 이 책의 재료가 되어 주었다. 나는 출판 작가도 아니고 책 쓰기의 전문가도 아니다. 그러나 글쓰기, 책 쓰기, 작가에 대해서 연구하고 공부하면서 많은 지식을 얻었고 결국 이 책을 쓰게 되었다.

주제를 찾으려면 마음을 열고 눈을 번뜩이며 주제를 찾아야 한다. 자신에게 꼭 맞는 주제를 찾아서 책을 써야겠다고 결심하면 반드시 주제는 나온다. 주제는 어디에서 어떻게 나에게 다가올지 모른다.

타깃 찾기

타깃 찾기 1. 내 책의 독자는 누구지?

내 책을 읽을 독자가 누구인지를 꼭 생각해 보아야 한다.

인스타그램을 상업적 목적으로 시작하려고 했다. 어디에서부터 뭘 해야 할지 몰라서 인스타그램 강의를 들었다. 그때 강사분이 강조한 것이 있다. "그냥 일상을 올리는 개인용 인스타가 아니라 상업적으로 쓰려고 한다면 '타깃'을 꼭 정해야 합니다."

책도 내 책을 읽어 줄 타깃을 정하는 것이 꼭 필요하다. 대한민국 사람이면 전부. 이런 너무 넓은 타깃은 비현실적이다. 제대로 된 타깃 설정은 매우 중요하다. 타깃을 정하면 글을 쓰는데도 상당히 편하다.

이 책의 타깃 리스트를 정할 때 했던 방법이다.

① 독자의 연령대는 어떻게 될까.
② 성별은 무엇일까.
③ 직업이나 하는 일은 어떨까.
④ 일반 도서일까 전문 도서일까.

이 주제의 책을 보려는 독자들이 어떤 사람들인지 서점, 또는 도서관에서 관찰해 보았다. 인터넷 관련 카페나 밴드, 톡방 등에 가입해서도 조사해 보았다.

창업을 할 때 많은 사람들이 창업 컨설팅을 받고, 창업 관련서적을 읽어 본다. 창업 관련 동아리나 카페 등에 가입한다. 같은 목적을 가진 사람들끼리 정보를 교환한다.

예를 들어 떡볶이 가게를 열려고 한다면 이런 고심을 해 볼 것이다. 누가 타깃일까. 아마 학생들. 그럼 어디에 가게 터를 잡아야 할까? 학군지, 학원가, 대학가. 가격은 얼마 정도로 해야 할까. 가게 이름은 무엇으로 해야 먹힐까. 어떻게 홍보를 할까. 셀 수 없이 많은 조건들을 파악한다. 실패하지 않기 위해서이다.

책이라고 그냥 주먹구구식으로 출판하는 것이 아니다. 타깃만 잘 설정해도 판매를 떠나서 쓰기가 너무나 편하다.

타깃 찾기 2. 구체적 타깃을 정해 본다

타깃은 주로 마케팅에서 많이 언급되는 단어이다. 상품을 기획하고 판매를 하기 위한 기본 룰(Rule) 중 하나이다.

처음에 책을 쓰려고 했을 때 '누구나'가 타깃이었다. 욕심이었다. 자고로 바다가 넓어야 고기가 많고, 고기가 많아야 많이 잡히지. 이런 식의 생각이었다. 그런데 땡! 틀렸다. 이 세상사람 모두에게 사랑받는 사람은 없다. 그렇다면 이 세상 사람 모두가 미워하는 사람은 있을까? 이 대답 역시 '없다'이다. 즉, 모두의 니즈(Needs)를 (좋은 쪽이든 나쁜 쪽이든) 만족시키는 사람은 없다. 책도 그렇다.

책은 살아 있다. 책은 생명을 가진 살아 있는 존재이다. 그래서 모두를 만족시키는 책은 없다. 나의 인생 책이 꼭 너의 인생 책은 아니다. 그것이 비록 수세기를 내려오며 사랑받는 명작이라 해도 그렇다. 그래서 타깃을 정해야 한다. 내 책을 좋아하거나, 내 책이 필요하거나, 내 책을 사 줄 수 있는 독자들. 최소한 내 책에 흥미가 있는 사람들이 내 타깃 영역이 된다.

이 책의 타깃은 이렇다.

연령: 30대 중반 ~ 50대 중반
성별: 무관
분야: 자기계발 에세이
범위 1: '책을 한 번도 써 보지 않은' 작가가 되고자 하는 사람들
범위 2: 누군가에게 책을 쓰게 만들고 싶은 사람들의 권장용 도서 (예를 들어 학부모가 자식에게, 선생님이 학생에게, 글솜씨 있는 친구에게 등)
범위 3: 경단 여성, 대학생, 고학력 백수, 자신의 출판 책이 필요한 사람, 자발적 실업자, 강사, 홍보가 필요한 자영업자, 무엇을 해야 할지 모르지만 인생을 업그레이드하고 싶은 사람, 별거 아니어도 나만의 성공 스토리와 그에 대한 통찰이 있는 사람 등

타깃을 정하면 책의 목적이 뚜렷해진다. 모호했던 책의 콘셉트가 명확해진다. 선택과 집중이 된다.

타깃 찾기 3. 지피지기면 백전백승

책 쓰기 책은 이미 서점에 차고 넘친다. 같은 주제로 이미 출판된 책들, 같은 주제로 책을 집필하고 있는 작가님들, 이런 것들에 대해서 생각해 보아야 했다.

나의 경쟁자를 알 수 있는 방법은 많았다. 예전에 비해 글쓰기 강좌나 책 쓰기 코칭 프로그램들이 많아졌다. 같은 목적으로 운영되는 오픈 카톡방이나 카페, 밴드 등 SNS 활동을 통해서도 예비 작가 또는 기성 작가에 대해서 알 수 있었다.

서점에 가서 내 책과 비슷한 주제의 책들을 살펴보았다. 어떤 책의 어떤 점이 좋은지, 어떤 점이 나의 마음을 끄는지, 어떤 점은 재미가 없는지. 어떤 점이 비판거리인지. 도서관이나 서점에서 면밀히 분석을 해 보았다. 어떤 책은 필사를 할 정도로 도움이 되었다. 어떤 책은 한 번 쓱 읽고 다시 책장에 꽂았다. 그만큼 같은 주제인데도 차이가 많이 났다. 작가별로 개성도 다 달랐다. 배울 점이 있는 작가도 있었고, 그냥 그런 작가도 있었다.

기업에서 시장 조사를 할 때 경쟁 기업이나 경쟁 제품을 분석하는 것은 기본이다. 작가도 그렇다. 책을 써서 시장에 내 놓을 것인데 경쟁 책을 봐야 된다. 천재 작가라면 안 볼 수도 있다. 그러나 대부분 천재 작가가 아니다. 나는 천재는커녕 책이 없으면 바보가 되었을지도 모른다. 책이 나를 키웠다. 그러니 더더욱 경쟁 도서를 잘 분석해 보아야 한다. 작가가 되려고 다시 책의 도움을 받았다. 책이 다시 나를 키우게 했다. 경쟁 도서를 면밀히 살펴보면 얻는 게 너무 많다. 내 책의 콘셉트도 더욱 명확해진다.

축구에서 감독은 상대편의 선수와 전술을 분석한다. 내 팀의 강점도 키워 줘야 하지만 상대팀을 분석해서 내 팀을 방어도 해야 하기 때문이다. 경쟁 도서의 전술을 알면 허점도 알 수 있다. 내가 들어갈 수 있는 틈새도 보이게 된다. 주제와 목차가 뾰족해지고 명확해진다. 지피지기면 백전백승이다.

타깃 찾기 4. 경쟁자는 나의 거울

1) 어머나 정말 많네 그렇다고 겁먹고 포기하지 말자

경쟁 도서는 경쟁 도서이자 참고 도서가 된다. 시중에 책 쓰기 관련 책이 정말 많다.

경쟁 도서가 많다고 꼭 나쁜 것은 아니다. 레드오션이니까 힘들다고 생각할 수 있다. 오히려 관련 주제의 경쟁 도서가 많다는 것은 블루오션이다. 그만큼 사람들이 그 주제에 흥미와 관심이 많다는 것이다. 사람들이 많이 찾으니까 그만큼 많이 출판되어 나오는 것이다.

그럼 내 책을 누가 사 보겠는가. 이렇게 쟁쟁한 작가들의 책이 많은데? (나만 그럴지는 모르겠지만) 책은 개인 취향이다. 아무리 저명한 작가의, 엄청난 필력의 책이라도 나에게는 재미없을 수 있다. 별로일 수 있다. 그러니 쫄지 말아야 한다. 누군가에게는 내 책이 취향일 것이다. 내가 쓴 책 쓰기 책이 본인의 상황과 딱 맞아서 구입할 수 있다. 내가 쓴 책 쓰기 책으로 작가가 될 수도 있다. 누군가는 반드시 내 책을 좋아할 것이다. 다른 그 누구의 책보다. 그러니 지레 겁먹고 포기하지 않아야 한다.

2) 내 책을 선택해야 하는 이유가 있어야 한다

돈을 주고 물건이나 서비스를 살 때 다섯 가지 정도를 고려한다.

첫 번째는 필요성. 이 물건이나 서비스나 필요하다면 산다. 두 번째는 퀄리티. 너무 후진 물건을 사면 금방 못 쓰게 된다. 세 번째는 가격. 같은 퀄리티의 제품이라면 내가 사는 물건 가격이 가장 저렴한가를 따진다. 네 번째는 흥미. 덕질이라고도 한다. 세상 쓰잘데기 없는 물건인데 갖고 싶다. 예쁜 쓰레기인 걸 알지만 산다. 마지막으로 인간관계. 친하면 친할수록 그 사람이 파는 물건이나 서비스를 (할 수 있는 선에서) 구입한다.

단행본 책의 단가는 보통 10,000원 ~ 20,000원 선이다. 이 비용을 내고 '책'이라는 것을 사려면 어떤 메리트가 있어야 할까.

이번엔 내가 책을 구입하는 기준이다. 첫째, 나 또는 가족에게 필요한 책인가. 둘째, 가격이 적정한가. 셋째, 재미가 있거나 의미가 있어서 소장할 만한가. 넷째, 취향(비싸거나 어쨌거나 그냥 갖고 싶은 책)이다. 보통 이 기준에 맞으면 책을 구입해서 읽고, 소장한다.

출간할 책에도 이런 기준들을 넣어서 만들면 된다. 내 책이 필요한 사람들이 많아지게 하거나. 내 책을 구매할 만한 충분한 강점이 있어야 한다. 경쟁력이 있어야 한다.

내 책이 트렌드에 맞을까?

트렌드 1. 내 책이 먹힐까?

수영을 하려면 물속에 들어가야 한다. 호랑이를 잡으려면 호랑이 굴에 들어가야 한다. 책을 쓰려면 책 시장에 뛰어 들어가 봐야 된다. 제일 많이 간 곳이 서점과 도서관이었다. 거의 살다시피 했다. 내가 쓰려고 하는 책을 독자들도 읽으려고도 할까? 시장이 어떤 책을 좋아할까? 등 시장 선호도를 보기 위해서였다. '책을 쓴다.'는 목적이 있기에 굉장히 집중해서 보았다. 다양한 분야의 책을 보았다. 분야별로 비슷한 유의 책이 많았다. 출판 년도와 발행 부수를 보았다. 지금도 이런 종류의 책이 찍어져 나오는지 알아보았다. 마음에 드는 책을 선정해서 주제와 목차를 꼼꼼히 보았다. 옛날 책과 비교해서 보았다. 책 시장 자체가 어떤지 알고 싶었다. 비슷한 주제면 본문도 예전 책과 요즘 책을 비교해 보았다. '요새는 대화 투의 글이 유행이구나.', '지금은 이런 과격한 말도 책에 자연스럽게 쓰이는 구나.' 요즘의 트렌드를 비교해 보았다.

별로 관심 없는 분야도 보았다. 트렌드는 하나에만 속해 있지 않다. 사회 전체를 아우르는 것이다. 시대 자체이다.

베스트셀러나 스테디셀러 코너는 정말 재미있었다. 베트스셀러나 스테디셀러가 될 만큼 매력적이고 재미있는 책들이어서 읽기도 좋았다. 어떤 책이 사람들의 관심을 많이 받는지가 잘 보였다. 만들어진 베스트셀러도 있다는 것을 알기에 스테디셀러도 잘 살펴보았다. 꾸준히 팔리는 힘이 있는 책들. 이런 책들을 보면 기분도 좋고 시야도 넓어진다.

내 책이 지금 먹힐까를 알아보는 것은 중요하다. 그것을 알아보면서 이 책을 쓰는 것도 많이 바뀌었다. 핵심 주제는 변하지 않았지만 문장이나 구조가 많이 바뀌었다. 사실 대중에게 먹힐지 먹히지 않을지는 주식과 마찬가지로 신의 영역이라고 생각한다. 그래도 예비 작가로서 시장 분석을 해 보는 것은 꼭 필요하다.

트렌드 2. 책도 타이밍이다

시대를 잘 만난 사람은 성공한다. 비단 사람의 이야기만은 아니다. 책도 그렇다. 책에도 타이밍이 있다. 출간 당시에는 조용하다가 시대를 타게 되는 경우가 있다.

2020년 해외에서 화제가 된 소설이 있다. 1981년 출판된 딘 쿤츠의 『The Eyes of Darkness』라는 소설이다. 메인 주제도 아니고 소설 속 하나의 요소로 사용된 '우한-400'이라는 바이러스에 대한 내용 때문에 『The Eyes of Darkness』가 화제가 된 것이었다. 또 다른 예로는 이기주 작가의 『언어의 온도』가 있다. 2016년 출간되었을 때는 별다른 주목을 받지 못했다. 그 후 입소문을 타고 터져 2017년 베스트셀러가 된 케이스이다.

시대의 흐름에 맞춘 책이 서점가에 나와 불티나게 팔리기도 한다. 2016년 즈음부터 재테크 열풍이 불었다. 영끌족이 나오고 벼락거지라는 말이 유행했다. 주식과 코인으로 상상하기 어려운 큰돈을 번 사람들도 탄생했다. 그런 사람들이 유튜브를 하고 책을 냈다. 부동산 책, 주식 책, 코인 책, 투자 관련 책, 경제 책들이 서점가를 도배했다. 내 좁은 식견에도 이렇게까지 재테크 관련 책들이 도배를 하는 경우는 보지 못했던 것 같다. 이전에도 투자나 부동산, 주식 등의 책이 대세인 적이 있었지만 이 정도는 아니었다. 그런데 이번 대세는 너무 거세어 나도 흐름에 휩쓸렸다. 경제와 부동산책을 정말 많이 봤다. (그놈의 부자 한 번 되어 보겠다고….) 경제 하락기가 왔다. 나는 더 이상 부동산이나 경제 책을 잘 보지 않는다. 정말 이상한 일이다. 필요한 분야의 책들인데 세상이 변했다고 관심도 변하다니.

시대의 타이밍 때문이다. 책도 타이밍을 탄다. 타이밍을 잘 탄 책은 아무래도 성공 가능성이 높다.

첫눈에 반하는 건 제목!

첫눈에 반해서 사랑이 시작될 때가 있다. 처음 본 그 순간 영혼(?)을 빼앗기며 사랑에 빠지는 것이다. 짝사랑인 경우도 있지만 같이 반할 때가 있다. 소위 눈이 맞을 때이다. 첫눈에 반하는 사랑은 이성일 수도 있고, 책일 수도 있다. 서점이나 도서관에서 책이랑 눈이 맞을 때가 있다. 제목을 봤을 때이다. '앗! 끌리는 제목이다.' 싶으면 바로 손을 뻗는다. 목차를 훑어보고 괜찮으면 읽기 시작한다. 몇몇 소주제를 읽어 보고 좋으면 구입한다. 나의 도서 구입은 대략 이런 패턴이다.

제목은 힘이 세다. 좋은 제목은 독자랑 눈이 맞아야 된다. 시선을 끌어야 된다. 매력적인 제목으로 독자의 마음을 확 끌어야 된다. '어! 내 이야기 같은데!', '나한테 필요한 책이겠는데!', '나 이거에 관심 많았는데!' 하는 부분이 있어야 된다. 기억이 잘되는 제목이 좋다. 서점에서 읽다가 인터넷으로 구매하려고 집에 와 생각해 보면 제목이 뭐였는지 가물가물한 책들이 있다. 기억의 포인트가 되는 부분이 있어야 한다. 사고방식의 틀을 깨는 제목도 좋다. 역발상의 책 제목도 사람의 마음을 끈다. 다른 요소들도 중요하지만 결국 제목이 나를 끌어야 책을 집어 든다.

제목은 책의 주제를 나타내면 더 좋다고 생각한다. 플로베르의 '일물일어설'이란 것이 있다. '하나의 사물을 나타내는 데는 하나의 단어밖에 적합한 것이 없다.'라는 뜻의 말이다. 내 책의 아이덴티티를 정확히 나타내 줄 단 하나의 단어, 단 하나의 문장이 바로 내 책의 제목이 되어 준다.

론다 번의 『시크릿』은 유명한 자기계발서이다. 처음 책을 접했을 때 '시크릿? 비밀? 뭐지?' 하면서 책을 집어 들었다. 시크릿이라는 단어 안에 책의 주제를 말하는 열쇠가 있었다. 제목도 좋은데 부제목이 더 엑기스이다. "수 세기 동안 단 1%만이 알았던 부와 성공의 비밀" 『시크릿』 책의 정체성을 표현해 준 것이다. 제목과 부제목의 합이 정말 환상적인 책이다.

마거릿 미첼의 『바람과 함께 사라지다』도 좋은 제목의 책이다. 제목에 책의 주제를 몽땅 다 담고 있다. 『바람과 함께 사라지다』라는 제목은 화려한 미국 남부의 귀족 문명, 흑인 노예 제도, 상류층의 모든 것들이 남북전쟁이라는 '바람'과 함께 사라진 것을 뜻한다. 또 다른 의미로는 상류층 여성인 주인공 스칼렛의 화려한 삶이 남북전쟁의 바람으로 사라짐을 의미한다. 또 다른 의미는 스칼렛의 진짜 사랑인 남자 주인공 레트가 그녀의 인생에서 사라져 버린 것을 뜻하기도 한다. 이렇게 많은 의미를 제목 하나에 잘 담은 책도 있다.

목차 1. 책의 뼈대이자 구매 포인트

글을 쓰기 시작했을 때, 얼마 못 가서 집어치운 글들이 많다. 글쓰기 연습은 많이 되었다. 하지만 결국 책으로 이어지지 못한 채 미완으로 남아 있다. 이유는 생각보다 간단하다. 뼈가 없어서 살을 붙일 수가 없었기 때문이다.

초등학생 때 교습소에서 지점토 공예로 점토 인형 만들기를 배운 적이 있다. 지점토로 인형을 만들 생각에 신이 나서 갔는데 힘들었다. 왜냐하면 점토 인형을 만들 때 꼭 뼈대를 만들어야 했기 때문이었다. 뼈대에는 그 자체를 단단하게 하면서 점토가 모양대로 잘 붙기 위해 철사끈 같은 것을 감아야 했다. 이런 힘든 기초 과정을 어찌나 꼼꼼히 하는지…. 어렸던 나는 재미가 없었다. 결국 오래 다니지 못하고 그만두었다. 지점토를 주물럭거리는 것은 재밌었기에 따로 지점토를 샀다. 내 마음대로 인형을 만들었다. 주물러서 만들고 색칠하고. 그런데 교습소에서 배운 것과 아주 다른 결과가 나왔다. 인형이 똑바로 서 있지를 못했다. 앉은 인형을 만들어도 마찬가지였다. 자꾸만 흐물떡하니 꺾어져 버렸다. 휘청거리면서 금방 내려앉았다. 뼈대가 없으니 점토의 누르는 힘을 지탱할 수 없었다. 자꾸 무너지니까 짜증이 나서 금세 그만두었다.

주제를 정한 후 목차를 만들면 일관성이 생겨 짜임새 있는 글을 쓸 수 있고 써 나가기도 훨씬 편하다. 목차는 책의 든든한 뼈대가 되어주기 때문에 글들이 잘 무너지지 않는다.

목차는 큰 주제 안에 작은 소주제들을 넣어서 만든다. 나는 대략 기승전결로 큰 주제를 삼았다.

기: 왜 작가가 될까? & 글쓰기

승: 작가 되기

전: 책 쓰기

결: 출판 및 플러스 글, 여는 글(프롤로그), 닫는 글(에필로그) 등

이렇게 뼈대가 생기니까 소주제들이 더 잘 나왔다. 여기저기 굴러다니던 소주제의 글들도 내용에 맞게 수정해서 붙여 넣을 수 있었다. 뼈대인 목차가 곤고히 받쳐 주니 글을 붙여 써도 무너지지 않았다.

또 다른 목차의 역할이 있다. 목차는 작가에게 뼈대 역할을 하지만 독자에게는 구매의 포인트가 된다. 나는 책을 구입할 때 제목, 머리말뿐 아니라 목차를 본다. 제목으로 이 책이 무슨 책인지 감이 안 잡힐 때는 바로 목차를 본다. 내가 읽고 싶은 내용이 있는지부터 찾아보는 것이다. 목차에서 마음을 사로잡는 소주제가 있으면 그 부분을 보고 책을 살지 사지 않을지를 결정한다. 목차에 읽고 싶은 소주제들이 많으면 많을수록 당연히 구매 욕구는 올라간다.

목차 2. 불완전한 지도 그러나 완벽한 등대

무엇을 써야 할지 몰라서 한글 프로그램을 열어 놓고 마구 썼다. 쓰고 싶은 것을 한참 마구잡이로 쓰다 보니 내가 지금 무엇을 하고 있는지 자체를 모르게 되었다. 중구난방…. 글이 구심점이 없었다. 이것도 글감이고 저것도 글감인데 써도 책이 되지 않았다. 쓰고 싶은 건 많고 할 말도 많은데 무엇을 해야 할지를 몰랐다. 그야말로 망망대해에서 길을 잃은 기분이었다. 마음을 가라앉히고 잠시 글쓰기를 접었다. 다시 책 쓰기 책들을 둘러보았다. 그러다 아차! 한 것이 있었다. 목차다! 목차가 없었구나!

주제와 목차를 정해야지 제대로 책이 길을 찾아갈 수 있다. 목차라는

지도를 보고 길을 찾을 텐데. 여기 갔다가 저기 갔다가 이 방향 저 방향 왔다 갔다만 하니 맨날 제자리였던 것이다. 그래서 쓰고 싶은 주제를 나누어 놓고 주제별로 목차를 만들었다. (그게 또 한참 걸렸다.)

목차대로 글을 쓰는데 잘되다가도 자꾸만 막혔다. 이유는 목차가 너무 완벽하고 완고해서였다. 써 놓은 글을 목차에 너무 맞추려고 하니 글의 본질이 자꾸만 사라졌다. 글은 살아 있다. 생명이 있는데 목차라는 틀에 꽉 가두어 놓으니 탈이 났다. 목차는 완벽하지 않아도 된다. 목차도 바뀐다. 목차를 너무 완벽하게 깐깐하게 만들지 말아야 한다. 어느 정도 크게 잡아 놓고 시작하는 게 더 좋다. 쓰면서 목차가 바뀌고 통합되기도 하고 나누어지기도 한다. 거시적으로는 하나의 큰 덩어리들(같은 콘셉트들) 안에서 바른 길을 찾아가며 쓰면 되는 것이다. 목차는 비슷한 유의 글을 모아 주는 자석이다. 글의 지도이고 등대이다. 제 길을 찾도록 도와준다. 그러나 글을 너무 목차에 꼭 맞추려 하지는 않아도 된다. 목차는 중요하지만 완벽하진 않아도 된다. 등대처럼 멀리서 넓게 비추어 주며 길을 잃지 않게 도와주기만 해도 된다.

기승전결

목차를 짤 때 파트를 기승전결로 나누었다. 출판사의 편집자가 되었다는 생각으로 파트를 나누어 보았다.

기: 이야기의 시작, 독자의 관심을 끌도록 구성

승: 이야기가 본격적으로 흐름을 타는 구간

전: 클라이막스, 절정

결: 클라이막스를 정리하면서 이야기가 끝으로 향하는 부분

이렇게 4개의 파트로 나누어서 쓰면 목차를 좀 더 짜임새 있게 만들 수가 있다. 나중에 좀 달라지긴 했어도 이렇게 먼저 큰 틀을 잡아 놓고 목차를 짜면 훨씬 수월하다.

이리저리 써 놓은 것을 이런 기승전결의 성격으로 나누어 놓으면 그에 알맞게 정리할 수 있다. 카테고리를 정리하는 것이다. 다른 주제의 책을 구상해 볼 때는 1장, 2장 이렇게도 했다. 기승전결의 네 가지로 나누어지지 않아서였다. 성격이 같은 덩어리가 아무리 보아도 2개밖에 없을 때는 1장, 2장으로 나누는 것이다.

이 책의 목차는 기승전결로 했다. 가장 잘 어울리고 나누기가 편했기 때문이다. 1, 2부가 기, 3부가 승, 4부가 전, 5, 6부가 결인 셈이다.

기승전결이 있는 책은 보기가 편하다. 작가가 나타내는 바도 명확하게 보인다. 가끔 나는 어떤 책의 정점을 보고 싶으면 전(클라이막스) 부분을 본다. 클라이막스를 먼저 보면 재미가 없어질까 고민하지 않는다. 클라이막스의 재미 때문에 느긋한 서론을 견디기도 하기 때문이다. 글에도 기승전결이 있으면 좋지만 그게 안 되면 목차를 기승전결로 나눈다. 그러면 쓰기도 좋다. 좀 밋밋하다 싶으면 승에서 재미 요소를 넣는다. 클라

이막스가 아닌데 완전 난리 났다 싶으면 전에 와서 정리의 느낌을 주면서 결로 보내면 된다. 목차도 조금만 더 신경 쓰면 센스 있게 만들 수 있다.

일단 초고 쓰기

초고는 빨리 써 버려야 된다. 요새 아이들은 긴 글을 읽지 못한다고 한다. SNS의 짧은 글들에 익숙해서 장문의 글을 읽어도 이해를 못한다고 한다. 문해력이 빅 키워드이다. 그런데 아이들만의 문제일까? 독서량도 괜찮고 국문과를 나온 나도 그렇다. 나도 포털 사이트나 SNS의 짧은 글을 많이 접하다 보니 긴 글을 읽기가 힘들어졌다.

SNS 세대의 최대 부작용은 지루함을 참지 못하는 것이다. 책을 읽다가도 집중하지 못하고 스마트폰을 뒤적인다. 그러니 쓰는 것은 더더욱 몰입이 힘들다.

초고를 끝내기도 전에 중단하고 싶은 욕구가 치밀어 올라서 쓰다만 주제들이 꽤 된다. 이 책은 달라야 했다. 책 쓰기를 중단하지 않으려고 초고는 생각나는 대로 빨리 써 버렸다. 미흡한 부분이 있어도 일단 넘어갔다. 지금의 나는 위대한 예술품을 만들고 있지 않다고 되뇌었다. 한 땀 한 땀 갖은 정성을 다하는 장인이 아니라고 합리화했다. 자꾸 마음에 안 들어 뜯어 고치다 보면 진도가 나가지 않았다. 초고도 쓰지 못하고 관두긴 싫었다.

나는 작가가 되기로 했고 자기계발 에세이를 쓰기로 했다. 원고 하나를 완성하는 것이 목표였다. 기승전결과 이야기의 플롯이 한 치의 어긋남도 없어야 되는 '설계도'를 만들고 있지 않다는 점을 계속 상기시켰다. 그렇지 않으면 나의 뇌는 지루함을 이기지 못할게 틀림없었다. 자기비판이 시작되고, 이게 책이 되겠어? 하는 목소리가 들려올 것이었다. 그러면 의욕이 사라지는 것은 시간문제였다. '에이~ 출판되지도 않을 책 그만두자.' 그리고 나서는 다시 후회할 것이다. '그냥 그때 끝까지 써 볼걸….' 하고. 그런 과정들이 머릿속에 그려졌다.

초고는 후다닥 써야 한다. 그 후 뼈를 갈아 넣어 가며 퇴고를 하면 된다. 퇴고가 아무리 힘들다 해도 초고 쓰기보다는 쉽다. 아무것도 없는 것보다 완결된 하나의 완성품을 수정하는 것이 훨씬 편하다. 스트레스도 더 적다. 백지에 무언가를 창조하는 것과 기존에 있는 것을 수정하는 것은 차원이 다른 문제이다. 뇌는 후자를 분명 더 쉽게 받아들인다. 주제와 목차가 확정되었으면 초고는 후다닥 써야 한다. '언제 다 쓰나.'라는 생각은 일단 접고 쓰는 만큼 쓰고 보는 것이다. 그리고 퇴고를 하는 거다. 세 번, 네 번이라도!!

세계적인 거장인 박찬욱 감독은 이렇게 말했다.

"내 영화의 줄거리는 순식간에 만들어진다. 〈쓰리, 몬스터〉의 전체적인 윤곽도 담배 한 대를 피울 동안 세워졌다. 일단 이야기의 윤곽이 잡히면 가능한 빨리 시나리오 초안을 써내려고 애쓴다. 뒤에 가서 어려운 신(Scene)이 생기면 시나리오를 다시 정리할 수도 있지만, 어쨌든 초고는 빨리 끝내는 것이 중요하다. 〈복수는 나의 것〉은 20시간 만에 초안을 완성했다. 그런 다음 시나리오를 몇 달 동안 손질했다. 〈공동경비구역 JSA〉는 여섯 달 동안 그 작업을 했다. 결국 이야기의 윤곽을 잡는 것은 제트기의 속도로 하고, 시나리오 초안은 스포츠카, 그리고 시나리오 수정 작업은 오후 산책처럼 느긋하게 한다는 말이다."

– 조세금융신문 문화파트 전문가 칼럼 '당신은 100일 안에 초고를 마칠 수 있다' 中 –

초고는 빨리 쓰는 것. 이 개념을 아예 머릿속에 넣고 시작을 하는 것이다.

3개월이면 초고를 쓸 수 있다

매일 정해진 시간을 놓고 한 꼭지씩 쓰는 게 좋다. 나도 매일 썼다. 잘 써지는 날은 몇 꼭지씩도 썼다. 취직했다 생각하고 매일 글을 썼다. 나는 이렇게 썼지만 직장을 다니거나 다른 일이 있는 사람은 그렇게 할 수 없다. 퇴근 후 쓰거나 새벽 기상을 해서 써야 한다. 어쨌든 자신의 상황에 맞게 일정한 루틴을 가지고 계속 써야 한다. 주말이나 쉬는 날을 최대한 활용해서 책 쓰기에 지장이 가지 않게 해야 한다. 아이들이 있는 나는 주말이 힘들었다. 종교 생활을 하는 사람도 주말은 힘들다. 주말을 활용할 수 없다면 평일에 자신만의 스케줄을 만들어야 한다. 시간이 남아서 글을 쓰는 것이 아니다. 시간을 만들어서 써야 된다. 그런 의지가 있어야 출판을 할 수 있다.

매일 쓴다는 가정하에 하루에 한 꼭지씩 쓴다고 해 보자. 한 꼭지는 A4 용지 약 1~2장 정도로 잡는다. 한글 프로그램 기준 10~11포인트, 줄 간격 160. 주말을 빼고 한 달, 20일을 쓰면 20꼭지가 된다. 세 달이면 60꼭지이다. 보통 40~60 꼭지가 책 한 권 분량이다. 책의 초고가 될 만한 꼭지 수이다. 세 달이면 책의 초고를 완성할 수 있는 것이다. 대충 감을 잡기 위해 전체 분량을 살펴보면 (한글 프로그램 기준) 글자 크기 10포인트, A4 용지 약 100~120 페이지 정도면 책 한 권을 출판할 수 있다. 편집 과정을 거친 단행본 출판 책은 약 250페이지 정도 된다.

시처럼 짧은 꼭지의 글들이 있다. 꼭지 수가 많아져야 한다. 꼭지 수는 많고 꼭지당 글은 짧다. 꼭지당 글이 짧은 책이라면 분량을 잘 챙겨서 생각하면 된다.

이 책은 1개월 조금 넘게 걸려 초고를 완성했다. 일 편차는 있지만 평균을 내어 보면 하루 약 6시간, 주 5일을 초고 작성에 썼다. 1달에 약 120시간을 쓴 셈이다. 만약 하루 2시간씩 쓴다면 주 5일 10시간, 한 달이면 40시간이다. 3개월 정도에 초고를 완성할 수 있다.

초고를 빨리 써야 한다는 말을 실감한 날들이었다. 끝없는 자기 비하와 '이 따위 것이 책이 되겠어?' 하는 자기 검열의 생각들이 얼마나 나를 괴롭혔는지 모른다. 기존 책 쓰기 책을 참고하다 보면 자괴감은 더 심해졌다. 너무 잘 쓴 책들이 많았다. 눈 딱 감고 참고용으로만 활용했다. '그 책들은 그 책 나름대로 잘났고 내 책은 내 책 나름대로 잘났다.' 나를 달래 가며 썼다. 이 책 초고가 나온 것은 빨리 썼기 때문이고 매일 썼기 때문이다. 될까 안 될까를 생각하지 않고 써야 한다. 승부는 퇴고에서 보자는 생각으로 썼다.

시간은 간다. TV 보고 SNS에서 놀고, 술 마시고, 잠을 12시간씩 자더라도 시간은 간다. 이를 악물고 글을 쓰더라도 시간은 간다. 3개월은 지나간다. 3개월이 지났는데 엉성하든 어쨌든 책의 초고가 내 앞에 있다고 생각을 해 보자. 분명 짜릿함이 있을 것이다. 3개월이다. 3개월이면 초고를 쓸 수 있다.

※ 초고는 그토록 빨리 썼지만 다음 과정은 너무나 느렸다. 사실 출판에만 1년이 걸렸다. 초고가 하도 엉망이라 뒤집어엎고 수정하고 다시 고쳐 쓰는 데 몇 달이 더 걸렸다. 그 후로 출판사와 함께 수정하는 과정이 책을 다시 쓰는 것만큼이나 힘들었지만 초고를 쓴 덕에 결국 출판을 할 수 있었다. 초고가 없었다면 종이책 출판은 절대 하지 않았을 것이다. 다만 스트레스는 초고 때보다 훨~씬 덜했다. 2고부터는 좀 더 작업하기 쉬웠다.

다른 사람이 이해하기 쉽게 쓸 것

아기가 "아."만 해도 "배고파?" 하고 찰떡같이 알아듣는 사람, 바로 엄마이다. 주변인은(아빠 포함) 깜짝 놀란다. 어떻게 아느냐는 것이다. 아기를 잘 관찰하고 거의 한 몸처럼 지낸 엄마는 아기의 요구가 담긴 아기 말을 알아듣는다. 아기는 커서 다른 사람도 엄마처럼 자신의 소리를 알아들을 것이라 생각한다. 그러나 다른 사람은 아기의 말을 전혀 알아듣지 못한다. 아기는 자신의 의사 전달을 위해서 '말'을 배운다. 부모나 선생님들은 아기에게 '똑바로' 말하는 것을 가르친다. "응~응~ 이렇게 하면 안 돼~. 싫어요! 좋아요! 하고 분명히 말해야 돼." 낑낑대는 신음 소리로 의사 전달을 하면 안 되다고 가르친다. 처음에 버티던 아기들도 결국 자신의 의사를 분명히 표현하는 법을 배운다.

읽기 싫은 책들이 있다. 난해하게 쓰인 책들이다. 몇 번을 읽어도 분명히 한국말인데 무슨 말인지 모르겠는 책들이 있다. 전문서는 그렇다 쳐도 대중서가 어려우면 책을 덮게 된다. 시험 보는 것도 아닌데 끝까지 읽을 인내심이 없다. 꼭 필요한 내용이면 다른 책을 찾아본다. 이해하기 쉬운 책으로 다시 찾아서 읽는다. 내가 무식해서 그럴 수도 있다. 그래도 이해하기 쉬운 책이 좋다.

좋아하는 책 중에 『이야기 파라독스』라는 책이 있다. 『이야기 파라독스』는 수학적 논리력, 추론력, 통계, 기하학 등을 다루는 수학 분야의 카툰 책이다. 수학은 내가 가장 싫어하고 못 하는 학문이다. 『이야기 파라독스』는 만화책인 줄 알고 읽었다가 수학 관련 책인데도 재미있어서 좋아하게 되었다. 분야가 어려운데도 정말 이해하기 쉬웠다. 재미있는데, 수준도 높았다. 그래서 좋아한다. 지금 봐도 흥미롭고 이해도 잘된다.

전문적인 책도 쉽게 쓸 수 있다. 그러니 일반 책은 당연히 쉽게 써야 한다. 독자의 눈높이에서 쓰는 것이다. 수준을 보면 중학생이 읽을 수 있는 정도의 책이면 된다. 읽는 사람이 이해하기 쉽게 책을 쓸 것. 원칙 중 하나이다.

쉽고 짧게 쓸 것

문해력이 문제란다. 아이들만의 문제는 아니다. 성인 문해력도 심각하다. 이 글을 쓰고 있는 국문과를 나온 나의 문해력도 심각하다. 왜 이렇게 되었을까?

SNS와 책을 읽지 않는 것, 두 가지가 아닐까 한다. SNS의 특성상 글의 길이가 짧다. 속도감이 있고 진행이 빠르다. 포털에 있는 글들을 보자. 술술 읽힌다. 웹소설을 읽어 본 적이 있으면 알 것이다. 장난 아니다. 전개 스피드가 어마어마하다. 읽다 보면 시간이 훅 간다. 이런 글들의 특성은 쉽고, 짧고 직관적이라는 것이다. 책보다 스마트폰 글을 먼저 접한 아이들이 긴 글(장문)을 읽지 못한다고 한다. 글이 길어지면 이해 자체를 못한다고 한다. 안타까운 일이다. 성인도 점점 그렇게 되어 가고 있다. 이 사태를 개탄만 하고 있으면 도움이 되지 않는다. 문해력이 떨어지는 건 나쁜 일이다. 교육적으로도 고쳐져야 한다. 그러나 지금 작가가 되려고 한다면 시대를 받아들여야 한다.

내가 처음 쓴 글들은 무지하게 장황했다. 지금도 그 버릇을 고치기가 어렵다. 글이 길고 부연 설명이 많았다. '그리고', '그래서', '하지만', '그런데' 이런 연결어도 엄청 많이 썼다. 다 써놓은 글을 보면 스스로도 읽기가 싫었다. 나도 어느새 SNS에 적응이 되어 쉽고 짧은 글이 좋은 것이다. 나 같은 책 덕후도 이러니 다른 사람들은 오죽할까 싶다. 요새 사람들은 장황하면 읽지 않는다. 이 책을 쓸 때는 그것을 인식하면서 짧고 속도감 있게 쓰려고 노력했다. 내가 쓰고자 하는 책은 실용서나 에세이나 자기계발서이다. 이런 유, 이런 책의 글이 길고 장황할 필요는 없다. 앞 뒤 문장을 연결해서 생각하느라 가뜩이나 복잡한 머리가 더 복잡해지기만 한다.

쉽게 써야 잘 읽힌다. 내 지식을 자랑하려고 굳이 어렵게 쓸 필요도 없다. 지식 자랑은커녕 읽히지도 않는다. 짧고 쉽게 써야 한다. 긴 글 자체를 잘 이해 못 한다는데 굳이 긴 글을 쓸 필요가 없다. 쉽고 짧게 쓰되 나의 메시지를 잘 전달하면 된다.

나만의 개성, 나만의 색깔

세상에 책이 너무 많다. 많아도 너무 많다. 이 와중에 나는 내 책을 써서 내 이름으로 출판을 하고 싶다. 잘 팔리면 더 좋겠다. 그럼 무엇이 내 이름을 걸고 출판하게 해 주고, 다른 책과 차별화를 시켜 주는 것일까?

방송을 보면 같은 콘셉트나 비슷한 유형의 프로그램이 차고 넘친다. 그래도 즐겨 보는 방송들이 있다. 즐겨 보는 프로그램들이 있다. 왜일까? 재미가 있어서이다. 그 재미 요소는 무엇일까? 재미있는 콘셉트, 재미있는 상황, 재미있는 연출, 재미있는 말장난 기타 등등. 콘셉트가 똑같고 상황이 똑같으면? 출연진이 누구냐에 따라 프로그램 호감도가 달라진다. 시쳇말로 지명도에 의존하게 되는 것이다. 그 사람의 지명도는 무엇이 결정할까? 그 사람만의 개성과 색깔일 것이다.

책도 자신만의 개성이나 색깔이 있어야 한다. 그것이 다수의 대중에게 먹힌다면 인기 있는 책이 될 것이다. 소수의 그룹에게만 통용된다면 마치 인디음악처럼 마니아층에게 각광을 받을 수도 있다. 어쨌든 자기만의 개성과 색깔이 뚜렷한 책이 살아남는다.

이 책의 개성은 무엇일까? 이 책의 색깔은 무엇일까? 책 쓰기 서적은 정말 많다. 책 쓰기 선생님들도 많다. 그와 같은 책을 보면 책을 쓰는 방법들이 아주 친절하고 자세하게 설명이 되어 있다. 내가 따라갈 수 없다. 차별화를 해야 했다.

나는 종이책 한 권 내 보지 않았다. 성공의 부류에 들지도 않는다. 나이가 젊지도 않다. (슬프다.) 평범하다. 그러나 작가가 되어 보고자 결심한 사람이다. 그런 사람이 책을 내는 과정을 이 책의 개성과 색깔로 정했다. 기성 작가의 전문적인 모습은 없다. 다만 내가 책을 쓰면서 얻은 인사이트와 내 경험을 책에 녹일 수 있을 뿐이다. 그것이 내 책의 개성이 되어준다.

이 책을 읽고 '이런 사람도 했는데 나도 작가가 되어 봐야겠다.'라는 생각이 들면 성공이다. 이게 이 책의 개성이고 색깔이고 정체성이다.

인용하기를 잘하면 책이 맛이 난다

인용은 내 글의 맛을 살려 주고 주장에 설득력을 더해 주는 힘이다. 그러나 자칫 표절이 될 수 있기에 매우 조심해서 사용해야 한다. 인용을 잘하면 책의 맛이 난다. 그런데 인용은 '잘'해야 된다. 출처를 명확히 잘 표기해야 한다. 무척 헷갈리는 부분이다.

인용에 대해서 아주 잘 설명해 놓은 곳이 있다. 서울대학교 온라인 글쓰기 교실(https://owl.snu.ac.kr/)이다. 카테고리를 보면 '글쓰기 길잡이→글쓰기 마무리하기'에 인용과 표절에 대해서 아주 잘 설명해 놓았다. 물론 이것은 학술적 글쓰기를 중점으로 한 것이다. 그러나 인용과 표절에 대해 아주 명확하게 이야기하고 있다. 나도 매우 꼼꼼히 읽어 보았고 북마크를 해 두었다.

여기서 말하는 인용은 이렇다.

> "인용은 일반적으로 자신의 말이나 글 속에 남의 말이나 글을 끌어와 쓰는 것을 말한다."
>
> – 서울대학교 온라인 글쓰기 교실/인용하기 개괄 –

표절에 대해서는 이렇게 정의한다.

"(학문적인 의미에서) 표절이란 다른 저자의 노력이 들어간 학문적 성과를 마치 자기 자신의 것처럼 도용하는 행위를 말한다."

– 서울대학교 온라인 글쓰기 교실/글쓰기 마무리하기 중 –

표절은 다른 이의 저작물을 몰래 쓸 경우를 말한다. 인용은 출처나 저작권 표시를 명확히 표기하면서 그 생각을 빌려와서 자신의 생각을 뒷받침할 때 쓰인다.

인용을 잘하면 글이 확 살아난다. 이해도 명쾌하게 되고 기억도 오래간다. 명언이나 고전의 명구절이 책 속 적재적소에 들어가면 책의 내용이 더욱 이해가 잘되고 기억에도 오래 남는다. 글의 맛이 확 살아난다.

인용은 잘 쓰면 조미료가 되어 글의 맛을 살려 줄 수 있다.

표절은 아무리 잘 써도 도둑질이라는 것을 명심하자.

킬링 킬링 킬링 파트

한 권의 책이 처음부터 끝까지 하나도 빼놓지 않고 재밌을 수는 없다. 책을 읽을 때 건너뛰거나 대충 훑어보는 장도 있다. 반면에 꽂히는 장이 있다. 그 부분은 몇 번을 읽기도 하고 두고두고 보려고 저장을 해 두기도 한다. 단지 그 파트 때문에 책을 구입하기도 한다. 이런 장은 남들이 결코 카피할 수 없는 무언가를 담고 있는 경우가 많다. 본인의 경험담, 지식에서 얻은 인사이트, 직관으로 알게 된 진실 등이 그렇다.

기시미 이치로의 초대박 베스트셀러 『미움받을 용기』를 유행이 다 끝난 후에나 읽었다. '그렇고 그런, 어디서 본 듯한 심리책이려니.' 하는 선입관 때문이었다. 그러다가 우연히 보게 된 『미움받을 용기』. 책장을 넘기다 왜 미움받을 용기인지를 설명하는 '진정한 자유란 무엇인가'라는 장에서 마음이 탁 꽂혔다.

> "남이 나에 대해 어떤 평가를 내리든 마음에 두지 않고, 남이 나를 싫어해도 두려워하지 않고."
>
> – 기시미 이치로 『미움받을 용기』 中 –

이 장, 구절에 꽂혀서 『미움받을 용기』라는 책을 첫 장부터 읽어 나가게 되었다, 그 장으로 인해 나는 『미움받을 용기』를 이틀 만에 완독하고 그 책의 팬이 되었다.

킬링 파트는 아주 중요하다. 어떤 책의 엑기스나 다름이 없다. 영화나 만화도 킬링 파트 때문에 보는 경우가 많다. 주로 예고편에 이런 마음을 잡아끄는 부분을 넣는다.

그 한 부분으로 (영화든 책이든) 전체 작품에 대한 인상이 결정되기 때문이다. 재미있겠다. 볼 만하겠다. 이런 마음의 끌림이 결정되는 것이 킬링 파트이다.

킬링 파트는 책에 꼭 필요하다. 몇몇 킬링 파트는 책을 이끄는 견인차가 되기도 한다.

스토리텔링은 사람의 마음을 끌어당긴다

2021년 가장 핫한 프로그램으로 〈스트리트 우먼 파이터〉라는 프로그램이 있었다. 여성 백업 댄서들의 댄스 경연 프로그램이었다.

먼저 여성 댄서들의 핫한 외모가 시선을 사로잡았다. 서로 간의 심리 싸움도 프로그램의 인기 요소였다. 그것만으로도 벌써 재미있었다. 그러나 〈스트리트 우먼 파이터〉에서 가장 크게 화제가 되고 사람들을 감동으로 몰아넣은 것은 2화였다. 스토리는 이렇다. 허니제이(홀리뱅의 리더)와 리헤이(코카앤버터의 리더)는 원래 퍼플크루라는 한 팀의 멤버이자 사제 간이었다. 그러다 허니제이와 리헤이가 반목해서 헤어지고 핵심 멤버들이 빠진 퍼플크루는 좌초했다. 그런 허니제이와 리헤이가 〈스트리트 우먼 파이터〉라는 프로그램을 통해 다시 만나 댄스 경쟁을 벌인 것이다. 7년간 서로 외면했음에도 댄스 대결 중 둘은 두 번이나 같은 무브(댄스 동작)를 선보였다. 마치 한 팀의 공연인 것처럼. 최종 우승자는 제자였던 리헤이. 그때 선배이자 스승이었던 허니제이가 패배를 깨끗이 인정하고 리헤이에게 먼저 포옹을 청했다. 포옹 후 좌석으로 돌아온 리헤이의 뜨거운 눈물, 댄스 프로그램에서 가상의 이야기보다 진한 실화의 스토리를 보았다.

이것이 스토리텔링이다. 나도 그 장면을 몇 번이나 돌려 보았는지 모른다. 하마터면 팔자에도 없는 댄스 덕후가 될 뻔했다. PD와 작가의 편집과 스토리텔링이 너무 대단했다. 과거의 이야기를 현재의 대결 구도 속에 감동적으로 재구성하여 엮은 것이다. 그리고 시청자의 마음을 사로잡았다. 스토리텔링의 힘이다.

작가도 크리에이터가 되어야 하는 시대

작가가 예전처럼 방구석에서 글만 쓰는 시대는 끝났다. 인스타그램, 페이스북, 유튜브, 블로그 등 스토리가 있는 곳은 모두 작가가 필요하다. 아니, 그냥 글이 아닌 콘텐츠가 필요한 시대가 되었다. 타깃도 더욱 정밀해져야 한다.

김난도 교수의 『2023 트렌드 코리아』에는 이런 챕터가 있다. '나노화', 분명 독자도 나노화될 것이다. 나에게 필요하고 내가 재미있는 것만 보고 듣고 읽으려 할 것이다. 핀셋 타깃팅을 해야 하는 시대가 온 것이다. 작가가 독자를 끌고 가는 시대는 지났다. 독자의 원트(Wants)와 니즈(Needs)에 작가의 크리에이팅(Creating)을 더한 글 콘텐츠를 만들어야 한다.

나는 이런 시대 변화가 너무나 반갑다. 작가는 사라져 갈 사양 직업이라고 생각했다. 그런데 책을 읽고 글을 쓰다 보니 완전히 달라진 시장을 알게 되었다. 작가도 이미 변신하고 있었다. 작가가 인플루언서가 되고

셀럽이 되고 있었다. 변신하는 작가는 플랫폼의 진화와 함께 성공할 것이라는 확신이 들었다. 어쨌든 사람들은 '스토리'를 보고, 듣고, 읽고 싶어 할 것이니까. 어디에나 스토리텔러가 필요할 것이니까.

출판 시장은 어떨까? 출판사가 예전처럼 책만 찍어 내는 곳이 될까? 출판사는 출판과 함께 기획사가 되어 가고 있었다. 작가라는 아이돌(Idol)을 양성하고 있다. 아이돌 가수는 기획사와 함께 노래와 춤을 기반으로 하는 아티스트가 된다. 작가 아이돌은 어떨까? 출판사와 '글'을 기반으로, '책'을 기반으로 하는 아티스트이자 인플루언서가 되고 있다. 글과 책은 하나의 타이탄의 무기*가 되어 가고 있었다.

그냥 글만 잘 쓰는 작가도 좋다. 그런 외길도 너무 필요하다. 그런 작품들도 정말 재미있고 너무 좋다. 그런 책들은 세상이 저절로 알아줄 수도 있다. 입소문으로 그냥 대작이 될 수도 있다. 그런데 글을 좀 못 써도 작가가 되고 싶다면 어떻게 해야 할까? 글은 좀 삐리해도 작가가 될 수 있는 길이 있다. 콘텐츠를 잘 만드는 작가가 되면 된다. 재미있고 혁신적인 아이디어로 책을 쓰는 작가가 되면 된다. 혁신이나 창조란 것이 대단한 것이 아니기 때문이다.

컬럼비아 대학교의 윌리엄 더간(William R. Duggan) 교수의 말이다. "누구도 새로운 것을 발명하지 못한다. 창조란 창조적 조합이다."

---

* 팀패리스의 『타이탄의 도구들』라는 책이 있다. 성공을 위해 필요한 타이탄(거인)의 도구들에 대한 자기계발서이다. 거기에서 따왔다.

다 알고 있는 내용이라도 어떻게 바꾸어서 재미있고 심장을 찌르게 만드느냐를 안다면 작가가 될 수 있다. 글 크리에이터이자 글 인플루언서가 될 수 있는 시대이다.

책도 독자를 선택한다

읽고 싶은 책을 선택한다. 구입하고 싶은 책을 선택한다. 책을 선택하는 것은 독자의 주관적 활동이다. 흥미로운 사실은 책이 독자를 선택하기도 한다는 점이다.

전혀 관심이 없었는데 읽게 되는 책이 있다. 전혀 읽을 맘이 없었는데 자꾸 눈에 들어오게 되는 책이 있다. 누군가 뜻밖의 책 선물을 하기도 한다. 시간 때우려고 간 서점에서 집어 든 책이 좋아서 계속 읽기도 한다. 포털사이트 책 광고에 홀려서 해당 책을 읽기도 한다. 이런 일들이 일어난다.

책도 독자를 선택한다. 좋은 책이라 저절로 사람들이 끌릴 수도 있다. 하지만 출판사와 작가의 마케팅과 카피라이팅 능력이 버무려져 도서 시장을 플래닝 할 수도 있다.

작가가 출판사와 계약을 맺어 책을 출판하기로 했다고 하자. 반자동으로 출판사의 마케팅 플랜에 동참하게 된다. 어떻게 이 책을 세상에 알릴 것인가 고민한다. 적절한 출간 타이밍을 찾는다. 오프라인과 온라인 홍보와 영업을 한다. 사람들의 눈에 잘 띄는 매대에 책을 배치한다. 각종 매체에 광고를 한다. 저자 강연회를 연다. 출간 기념회를 연다. 무료로 도서를 증정한다. 파워가 좋은 매체에 책에 사용된 키워드를 흘린다. 출연자에게 책에 대해 기술적으로 언급하게 한다. SNS에 책 리뷰 활동을 한다. PPL 광고를 한다. 영향력이 있는 공인이 책 소개를 한다. 등등. 작가의 역할이 들어가는 곳도 있고, 들어가지 않는 곳도 있지만 어쨌든 함께 박자를 맞추어서 나아가게 된다.

매대에 책을 배치하는 것도 전략적으로 한다. 눈에 잘 띄는 매대에 배치하는 것도 판매 전략인 셈이다. 독자가 책을 선택하는 것이 아니라 책이 독자를 선택하게 만드는 것이다.

때론 운 때가 맞아 역주행하기도 한다. 그러나 운을 기다리는 것은 무의미하다. 올지 안 올지 모르기 때문이다. 차라리 열심히 마케팅과 홍보를 연구해서 내 소중한 책이 세상에 잘 드러나게 하는 것이 낫다.

그냥 앉아서 독자의 선택을 기다리고 있는 시대가 아니다. 책이 이제 독자를 선택하는 시대인 것이다.

5부

GOGO 책 내기 GO!!

출간 기획서 쓰기

출간 기획서는 책의 얼굴이다. 출판사에 보내오는 원고가 쌓이도록 많다고 한다. 그 원고들을 일일이 다 읽지 못한다. 가장 먼저 보는 것이 제목과 출간기획서이다.

출간기획서는 서류 전형이다, 간결하고 정확하게 포인트를 집어 작성하면 된다. 내 콘셉트를 확실히 전달하면 된다. 서류전형에 통과해야 면접을 볼 수 있다. 그런 마음으로 써야 한다.

처음 써 보는 기획서를 머리를 싸쥐고 썼다. 이 한 장에 모든 것을 담아야 한다고 생각하니까 아이디어가 잘 나오지 않았다. 본 원고보다 기획서를 놓고 더 고심했다.

다음은 내가 쓴 기획서의 샘플이다.

기획서	
제목	
부제목	
저자	
기획 의도	
분야	
콘셉트	
내용	
목차 및 구성	
타깃	
이 책의 강점 및 차별화 점	
유사 도서 및 경쟁 도서	
마케팅 포인트	
출간 시기	

투고 인사말 쓰기

책을 투고할 때도 이메일을 보낸다. 당연히 출판 담당자는 기획서와 원고 전에 이메일을 보게 된다. 그래서 투고 이메일도 신경 써서 보냈다.

이것은 내가 쓴 이메일 투고 인사말이다.

이메일 제목 :
[투고원고] 자기계발 에세이 원고투고입니다.

이메일 내용 : 내 책 제목

성공해서 작가가 되는 것이 아니라 작가가 되어서 성공한다.

이 말이 이루어지고 있는 시대에 대한민국 40대 아줌마가 작가가 되기 위해 쓴 작가 되기 가이드북이자 책 쓰기 자기계발 에세이입니다.
글쓰기부터 책 쓰기까지 연구하고 고민한 저의 경험담과 정보를 찐하고 알차게 담았습니다.
책을 쓰기 위해 노력하며 겪은 시행착오와 마음가짐, 노하우 등 개인적 경험과 인사이트를 책 쓰기 방법과 함께 에세이 형식으로 썼습니다.

원고 기획서(목차 포함)와 샘플 원고를 첨부하오니 검토 부탁드립니다.

P.S. 종이책 작가는 처음이지만 크몽 전자책 작가로 3권의 짧은 이야기를 썼고, 마케팅 하나 없이 작지만 수익을 올리고 있습니다.

감사합니다~.

** 도서 타깃 :

** 마케팅 계획 :

** 작가 연락처 :

머리말은 셀프 PR 코너

작가와 책의 인상을 결정하는 것은 머리말이다. 독자의 입장에서는 머리말부터 보는 경우도 많다. 첫인상이 좋아야 내 책의 이미지가 좋을 것이다. 핵심 주제를 담고 있고 매력을 줄 수 있는 머리말이 되어야 한다.

머리말에 작가의 핵심 메시지가 있다. '책을 출판하게 도움을 주신 분들에 대한 감사', '책의 주제나 메시지', '책을 보면 좋을 것 같은 독자', '이 책으로 인해 얻을 수 있는 소득', '책에 대한 소개' 등이 포함된다. 머리말은 책의 가치를 측정하는 도구로도 사용된다. 한 권의 책의 요약본이다. 그래서 머리말은 공들여 써야 한다.

저자 소개(포지셔닝)

서류 전형의 자소서이다. 출판할 때 작가 소개가 필요하다.

미리 포지셔닝을 해 두는 것이 좋다. 갑자기 나를 어필하는 포지셔닝을 하려면 당황한다. 기업 면접을 볼 때도 자기소개는 미리 준비해 간다. 꼭 먼저 해 둘 필요는 없지만 준비해 두는 것이 좋다.

우선 백지 한 장을 놓고 써 본다. '나는~'을 머리말로 해서 '나는~'이 들어가게 써 본다. 이때는 별다른 수정이나 제약 없이 쓴다. 자세히 쓸 수 있는 부분은 자세히 써 본다. 초고를 쓸 때와 똑같다. 일단 자기소개도 써 놓고 고친다. 쓰기의 기본 뼈대는 변하지 않는다.

우선 나에 대해서 쭉 써 놓고 괜찮은 것을 추려 본다. 현재 책의 콘셉트와 맞는 것을 추려 본다. 그렇게 추리다 보면 내가 써먹을 수 있는 포지션이 나온다. 그것을 구체화시키고 개성의 옷을 입히면 된다.

책과 관련된 경력이나 전문성이 있다면 그것도 포함시킨다. 내 경우에는 전문성이 별로 없어서 '나'에 대해서 주로 썼다.

다음은 책 표지에 들어간 나의 소개서 중 일부이다.

> "오랜 기간 나의 꿈은 접은 채 주부로 살았습니다. 알을 깨고 나오고 싶어서 온라인 세상을 배웠습니다. 디지털 작가로 시작해서 첫 종이책을 내게 되었습니다.
> 죽기 전, 무엇을 해 보지 않은 것을 가장 후회할까 질문을 해 보았습니다. 답은 책을 써서 출판해 보지 않은 것이었습니다. 그래서 내게 된 책 쓰기 자기계발 에세이입니다."

이렇게 자기소개가 표지에 들어가기도 하니 미리 포지셔닝을 해 두는 것이 좋다.

작가로 월급 받기(인세와 파이프라인 알아보기)

작가 인세에 대해서 알아보겠다. 한 권의 책에 대한 작가의 인세는 약 10%(기획 출판의 경우)이다. 신인 작가는 더 작다. 자비 출판 등의 경우는 다르다. 보통 40~50%이다. 대신 출판 비용을 작가가 부담하는 것이다. 출판사와 같이 가는 반기획 출판이 있다. 첫 인쇄 비용은 작가가 부담하고 2쇄부터는 출판사에서 모두 담당하는 출판 형태이다. 이 경우 인세는 보통 20%이다. 자비 출판이나 반기획 출판은 나같이 아무 기반 없는 신인 작가가 꼭 책을 내고 싶을 때 굉장히 좋은 수단이다. 단, 반기획 출판의 경우 원고가 너무 퀄리티가 없으면 하기 어렵다. 출판사도 책의 가능성과 수준을 보고 하는 출판이다.

일반적인 출판을 기준 삼아 인세를 10%로 가정했을 때, 10,000원 책을 한 권 팔면 1,000원이 작가의 몫인 셈이다. 나머지 90%는 출판사와 유통사의 몫이다. 보통 출판사가 40%를 가져간다고 한다. 그럼 4,000원이다. 출판사는 여기에서 인쇄비, 마케팅비, 직원 월급, 사무실 임대 비용 등을 내고 운영을 하는 것이다. 따져 보면 작가에게 10%라는 것은 상당히 큰 비율이다. 100권이 팔리면 100,000원, 1,000권이 팔리면 1,000,000원, 10,000권이 팔리면 10,000,000원이다.

단순 계산으로 십만 권을 팔아야 1억 원이 인세로 들어온다.(우와~.) 십만 권은커녕 열 권도 팔릴지 안 팔릴지 모른다. 기간도 얼마나 걸릴지 모른다. 전업 작가에 대한 의욕이 떨어질 수 있다.

요즘 작가는 책으로만 수익을 내려고 하지 않는다. 책을 가지고 수익을 낼 다양한 파이프라인을 찾아야 한다. 강의, 유튜브 제작, 인스타그램 운영, 온라인 카페 운영, 기업의 글 의뢰, 각종 포털 유료 연재, 출판사 운영 등 다양하게 돈이 흘러 들어올 라인들을 만들어야 한다. 그래야 '작가'라는 타이틀로 오랫동안 생계를 유지하며 활동할 수 있다. 출판 자체도 콘텐츠가 될 수 있다. 자비 출판이나 독립 출판, 부크크와 같은 플랫폼을 이용한 무료 출판 등을 소스로 콘텐츠를 만드는 유튜버 작가들도 있다. 나도 그런 유튜브를 보며 많이 배웠다. 작가지만 멀티플레이어가 되어야 한다. 크리에이터이자 기획자가 되어야 한다. 작가이면서 강사도 되어야 한다. 작가이자 1인 기업가가 되어야 한다. 이것이 기회이다. 기회가 넘쳐나는 시대에 살고 있다.

작가가 되어 월급 받는다는 것. 이제 '책' 말고도 채널이 넓어졌음을 알아야 한다.

투고 출판사 리스트 정리(Feat. 엑셀 저장)

출판사에 투고를 할 때 단체 메일 발송은 조심해야 한다. 나는 덤벙거리기 짝이 없으므로 단체 메일을 보내지 않았다. 비효율적이지만 일일이 하나씩 메일을 보냈다. 나 같은 세상 덤벙이는 어쩔 수 없다. 손발이 고생해야지. 하지만 똑똑이들은 단체 메일로 원고를 투고하는 것이 효율적이다.

30개든 50개든 100개든 단체 메일로 보낼 때, 반드시 받는 사람 '개인별'에 √표시(체크)를 하고 보내야 한다. 출판사 입장에서 우리 출판사에도 보내고 여기저기 다 보냈다는 것을 알게 되면 별로 득 될 것이 없다.

투고 출판사를 정할 때는 내 책의 분야에 맞는 출판사에 보내는 것이 좋다. 나는 자기계발 에세이이므로 자기계발서를 출간하는 출판사와 에세이를 주로 출판하는 출판사에 투고를 했다. 인문학을 주로 출간하는 출판사도 있고, 문제집을, 또는 동화책을 주로 출간하는 출판사도 있다. 잘 살펴보고 출판사 리스트를 정리해서 알맞게 투고를 하는 것이 좋다.

출판사 투고메일 주소는 인터넷을 뒤져서 알아내거나 (출판사 홈페이지 등) 서점에 가서 책을 뒤져 본다. 책 앞뒷면에 출판사 정보가 있다. 이렇게 모은 출판사 이메일 목록은 엑셀 파일을 이용해 정리해 둔다. 투고한 출판사, 투고 거절 등을 잘 볼 수 있게 정리해 두어야지 실수하지 않을 수 있다.

다음은 내가 사용한 엑셀 형식이다.

출판사 명	이메일 또는 홈페이지 주소	발송 여부	출판사 대답	비고
○○출판	○○○@naver.com	메일 보냄	거절	홈페이지 메일 주소와 투고 메일 주소 다름
○○북	https://~	홈페이지 투고란 이용	무응답	이메일 없음 홈페이지 투고란 이용

6부

작가가 되기 위한
여러 가지
도구들

1. 작가가 되는 마인드 세팅

사람은 다 자신만의 마인드를 가지고 살아간다. 잘난 사람만 어떤 마인드가 있는 것이 아니다. 거지는 거지의 마인드가 있고 부자는 부자의 마인드가 있다. 대기업의 회장은 대기업 회장의 마인드가 가정주부는 가정주부의 마인드가 있다. 그 마인드가 인생을 결정한다. 고양이의 마음을 가진 사람은 결코 호랑이가 될 수 없다.

작가가 되기 위해서 해야 할 일은 마인드 세팅을 '작가'로 하는 것이다. 작가라는 것은 소비자가 아니다. 책을 만들어 내는 '생산자'이다. 소비자와 생산자의 마인드는 (완전히) 다르다.

책을 읽을 때는 독자의 마음이 된다. 비판도 독자의 관점에서 한다. 구매도 독자의 관점으로 한다. 그러나 작가가 되려면, (기획 때는 독자의 마음이 필요하지만) 글이라는 도구를 이용해서 책이라는 상품을 세상에 등장시키려면, 그에 맞는 '마인드'가 필요하다.

'아유… 제가 무슨 작가가 되나요.', '작가 거 뭐 아무나 하나요.', '내가 무슨 책을 내요….' 나는 이런 마인드로 지냈다. 내 마인드는 내 말이 돼서 나왔다. 나는 작가가 되지 못하고 살았다. 내 마인드가 나를 결정했기 때문이다. 내가 무슨 작가가 되어요….

유명한 자기계발서 『시크릿』에 이런 말이 있다. "이미 이루어진 것처럼 생각하고 느껴라!" 나는 이 말이 마인드의 정수라고 생각한다.

지나가는 교복을 입은 사람에게 물어보자. "뭐 하는 사람이에요?" 그 사람은 대답할 것이다. "학생인데요." 그 학생은 절대로 "전 김밥집 사장인데요."라고 대답하지 않을 것이다. 이게 직업 마인드이다. 어떤 작가가 있다고 하자. 그 사람이 "아유… 제가 무슨 작가예요."라고 말할까? 아닐 것이다. '나는 작가.'라는 정체성이 이미 확실할 것이다. 왜냐고? 작가니까! 책 냈으니까. 그 마인드가 필요하다. '나는 작가다.'라는 마인드를 먼저 스스로에게 장착해야 한다.

작가는 작가의 옷을 입어야 한다. '나는 작가'라는 정체성을 마음에 심고 시작해야 한다. '안 되면 말지 뭐….'라는 마음을 가지면 되지 않는다. 책 쓰는 데 짧든 길든 시간과 노력을 들였다. 자신의 그 노력을 평가절하하지 말아야 한다. '작가가 되어 보자.' 또는 '나는 작가다.'라는 마인드를 가져야 한다. 어차피 책 내려고 마음을 먹지 않았는가! 무조건 책을 출판할 것이지 않은가? 나는 그렇다. 무슨 일이 있어도 작가가 되기로 마음을 먹었고 그런 마인드로 글을 썼다.

"아닌데요. 아직 책 못 냈고요. 출판사에서 다 거절할지도 모르잖아요.

제가 끝까지 쓸 수 있을지도 모르겠는데요." 이게 과거의 내 마인드였다. 그래서 작가가 못 되었다.

지금 이 책을 쓰는 마인드는 이렇다.

"일단 (개판이든 소판이든) 완성하자. 출판사에 보내자. 그래 모두 거절당하면 e북이든 자비 출판이든 무조건 책을 내고 볼 거다."

'무.조.건.낸.다.' 여기서 이미 작가의 정체성이 생겼다. 작가의 마음을 갖고 책을 쓰는 것과 그 마음이 없이 책을 쓰는 것은 천지 차이이다.

『꿈꾸는 다락방』, 『에이트』의 이지성 작가의 일화이다. 출판사에서 수십 번 거절을 당한 이지성 작가는 하루 종일 이런 말을 외우고 다녔다고 한다. "나는 베스트셀러 작가이다. 나는 베스트셀러 작가이다." 이렇게 베스트셀러 작가의 마음을 세팅하고 베스트셀러 작가가 되었다고 한다.

인디언의 믿음 중 이런 것이 있다. "만 번을 말하면 그 말은 현실이 된다." 말하는 것뿐이다. 외치는 것도 아니다. 꿈을 이룰 수 있다는데 만 번의 말을 못 하겠는가! 만 번 해서 안 되면 이만 번 하지! 왜 못 하겠는가!

작가가 되고 싶어서 시나리오니 소설이니 깔짝깔짝 써 보고, 포기하고, 써 보고, 포기했던 적이 있었다. 매번 씁쓸한 결말은 '아직 작가가 되기엔 역량이 부족한가 보다. 언젠가는….'이었다. 그때 나의 꿈을 내일로, 내일로 미룬 대가를 지금 치루고 있다. 지금에야 작가가 되기로 마음을 굳혔다. 내 마음을 '작가'의 마음으로 바꾸었다. 또한 전자책을 내서 마음의 벽을 높였다. '작가가 되기엔 아직 부족해.'라는 믿음도 지운 것이다.

마음, 마인드는 정말 중요하다. 글쓰기의 시작과 끝맺음을 할 수 있게 해 준다. 책 출판뿐 아니다. 다른 일들에도 당신의 미래까지 좌우할 것이라고 생각한다. 그러니 작가가 되기로 했다면 마인드 세팅은 무엇보다 중요하다.

2. 작가! 셀프 컨설팅

작가가 되고자 하는 분들은 컨설팅도 받는다. 컨설팅 비용이 꽤 큰 것으로 알고 있다. 컨설팅이 아닌 책 쓰기 강의에도 적지 않은 돈이 들어가는 것으로 알고 있다. 정말 작가가 되고자하는 절실한 마음이면 이런 프로그램을 이용하는 것도 좋다. 들인 돈이 크면 클수록 들인 시간이 많으면 많을수록 노력할 테고 성공할 가능성이 높아질 테니까. 그러나 작가 수업을 듣거나 컨설팅을 받을 만한 비용과 시간이 없다면 어떻게 할까? 꼭 필요하다면 셀프로라도 해야 한다.

나는 돈과 시간이 그리 넉넉하지 않았다. 강의가 필요했기에 작가 강의는 온라인 강의를 들었다. 비용이 괜찮았다. 강의만 듣고는 책 쓰기가 힘들었다. 주제를 잡는 것부터 어려웠다. 그래서 스스로 셀프 컨설팅을 했다.

여기에 내가 한 셀프 컨설팅을 소개하고자 한다. 이 셀프 컨설팅은 내가 찾은 자료들, 미디어 등을 참고로 제작되었다. 또 들었던 여러 종류의 수많은 강좌들에서도 많이 나왔던 요소들을 '작가'의 영역으로 넣어 보았다.

1) 나는 어떤 사람인가 고찰해 보기

나는 뭐하는 사람일까? 작가는 글(책)의 창조자이다. 책이라는 천지창조를 하고 있다. 원래 없었던 책을 만들고 있다. '창조자인 작가 = 나.' 내가 어떤 인간인지 고찰해 보아야 한다.

* 나라는 사람에 대한 키워드

명랑	감정 기복	게으름
잘 웃음	건강함	냄비 근성 있음
낙천적	사람 좋아함	운동 좋아함
쉽게 포기함	멘탈 의외로 강함	말수 적음
화를 못 냄	거짓말 못 함	눈물이 많아짐

'나'라는 모습을 잘 알면 알수록 글쓰기건 인생살이건 좋아졌다. 꼭 책쓰기가 아니어도 해 보면 좋다.

2) 내가 관심 있는 분야, 좋아하는 것들은 무엇일까?

사람마다 관심 분야가 모두 다르다. 누구는 스포츠를 좋아하고 누구는 주식을 좋아한다. 나로서는 넘사벽인 양자물리학을 좋아하는 사람도 있다. 자신이 관심 있고 좋아하는 것을 찾고 잘 아는 것은 매우 중요한 일이다. 자신이 진짜 좋아하는 것이 무엇인지 잘 모르는 사람도 많다. 그저 인기 있고 유행하는 것이라서 좋아하는 경우도 많다. 자신이 진짜 좋아하고 관심 있는 것들, 그런 분야를 찾아보자.

* 내가 좋아하는 것 LIST

좋아하는 것	왜?
TV 보기	그냥 편하게 있는 게 좋아서 좋다
영화 보기	재미있어서, 힐링되서, 기분 전환 등
책 읽기	좋아서, 재밌어서, 자기계발 등
글쓰기	귀찮을 때도 있지만 생각을 글로 표현하는 것이 좋아서
걷기	힐링

* 관심 있는 것들 LIST

관심 있는 것	왜?
명상	힘들지만 마음이 편안해짐
양자물리학	어렵다, 그래도 재미있다
육아	잘 키우고 싶어서
교육	어떻게 하면 잘 키우지? 어떻게 교육시켜야 할까? 방법에 관심이 많다 왜냐하면 아이들이 잘 성장하길 바라니까

좋아하는 것과 관심 있는 것들을 찾아보았으면 왜 좋아하는지, 왜 관심이 있는지도 고찰해 보기 바란다. 의외로 좋아하는 척하고 있는 것이 나올 수도 있다. 의외로 관심 없는 줄 알았는데 좋아하는 것이 튀어나올 수도 있다.

3) 내가 잘 모르는 분야, 싫어하는 것들은 무엇일까?

자신이 싫어하는 것들을 잘 알고 있는지? 상황에 따라 이건 싫어, 저건 싫어하는 식으로 대충 알고 있었을지도 모른다. 싫어하고 잘 모르는 분야도 글로 써 보면 명확해진다. 왜 싫어하는지 이어서 생각해 보는 것도 도움이 된다.

* 싫어하는 것 LIST

싫어하는 것	왜?
수학	계산이 어려워서
지나친 뒷담화	시간 낭비 같고 죄짓는 것 같아서
예의 없는 사람	화가 나서, 날 무시하는 것 같아서

* 잘 모르는 분야 LIST

잘 모르는 분야	왜?
수학	안 해서 그런지 잘 모르겠다
과학	재밌지만 어렵다
요리	어렵고 재능의 분야 같다
낚시	아이는 좋아하는데 나는 재미를 모르겠다
코딩	같은 컴퓨터 계열이어도 디자인 쪽은 알겠는데 컴퓨터 언어 어렵고 모르겠다

4) 내가 잘하는 것은 무엇일까?

막상 자신이 잘하는 것을 찾아보면 몇 개 없다는 사실에 놀랄 것이다. 주관적으로 잘하는 것과 객관적으로 잘하는 것을 구분해 보도록 한다.

* 주관적으로 잘하는 것 LIST

주관적으로 잘하는 것	이유
정보 검색	나는 남들이 못 찾는 괴상한 정보도 잘 찾아낸다
책 읽기	속독도 잘하고 정독, 다독도 잘한다
걷기	자신 있고 좋아하고 잘하고
운동	좋아하고 잘하며 한때 체대 갈까도 생각해 보았다

* 객관적으로 잘하는 것 LIST

객관적으로 잘하는 것	이유
걷기	좋아하고 잘하는 편, 주변인들도 잘 걷는다고 인정한다
농담	입으로 먹고 살라는 말을 자주 듣는다
글쓰기	썩 잘한다고 인정받진 못해도 잘하는 축에 껴 준다
기억력	이런 것도 기억하냐고 놀라워하는 친구들
아이들 돌보기	좋아하진 않지만 잘한다고 인정받는 것 중 하나이다

내가 주관적으로 잘한다고 생각한 것들을 객관적으로 잘하는지 주변에 물어보았다. 주변 사람들은 네가 정보 검색을 잘해? 그림 잘 그려? 운동을 잘한다고? 하며 다 금시초문이라는 표정이었다. 내가 잘한다고 생각하는 것을 다른 이에게 물어보자. 남들이 본 나의 장단점을 물어보는 것이다. 한 10개 정도 물어보고 적어 두자. 자기 객관화를 시켜 주는 데 아주 좋다.

5) 남들은 나를 어떻게 보는가?(어떻게 생각하는가?) 가장 친한 친구에게 물어본다

내가 생각하는 나의 이미지와 남이 생각하는 나의 이미지가 다르다. 내 생각과 아주 다른 이야기가 나올 수 있다. 뜻밖의 사실을 알 수도 있다.

내가 모르는 나도 발견할 수 있다. 상반된 이야기가 나올 수도 있다.

친한 동생의 대답.
"언니는 생각보다 괜찮은 사람이다. 생각도 깊다."

아는 언니의 대답.
"너는 생각이 지나치게 많아."

단답형으로 썼지만 사실 길게 답을 해 달라고 했다. 나 자신을 분석하기 위해서. 한 열 개쯤 대답해 달라고 하면 꽤 신선한 대답을 들을 수 있다.

이것 역시 자기 객관화를 하기에 아주 좋다. 자기 객관화가 잘되면 어떤 책을 쓰는 게 유리한지도 파악할 수 있다. 쓰고 싶은 책과 잘 쓸 수 있는 책을 구분해 볼 수 있다.

6) 나는 아티스트인가 기획자/편집자인가

아티스트와 기획자는 다르다. 영화를 한 편 만든다고 치자. 감독이나 배우는 아티스트이자 작품을 만들어 내는 크리에이터에 속한다. 자기가 만들고 싶은 것을 만들고 싶어 한다. 자신만의 세계가 있기도 하다. 영감과 재능 있는 인물들이 많다.

영화사에는 마케팅 및 기획실이 있다. 어떤 작품을 만들지 기획한다.

세상의 입맛에 뭐가 맞을지 고민하고 그런 작품을 기획한다. 그 기획을 토대로 아티스트와 함께 작품으로 만들어낸다. 세상이, 대중이 원하는 것을 만들고 싶어 한다.

또한 감독과 배우가 만든 영화라는 상품을 어떻게 잘 팔아먹을 것인가 하는 것을 연구하고 실행한다. 영화를 매력적으로 보이게 한다. 티켓을 사고자 하는 구미가 당기게 한다. 마케터이고 기획자이다.

자신이 어떤 유형의 작가인지 잘 파악해 보아야 한다. 그래야 가는 길이 정해질 수 있다. 순수문학을 할 것인가 대중서를 쓸 것인가! 둘 다일 수도 있다.*

7) 무엇을 쓰고 싶은가?

본인이 쓰고자 하는 것이 명확해야 책이 나온다. 무엇을 쓰고 싶은지가 불명확하면 헤맨다. 이 주제를 보면 이것을 쓰고 싶고 저 주제를 보면 저것이 쓰고 싶다. 다 재미있을 것 같고 할 수 있을 것 같지만 욕심이다.

이것저것 쓰고 싶은 욕구는 많은데 방향이 없으면 안 된다. 나는 그래서 소중한 시간과 힘을 많이 낭비했다. 예비 작가일 때, 초보 작가일 때, 프로 작가일 때가 다 다르다. 모든 것을 다 벌려 놓을 수는 없다. 선택과

---

* 이 부분은 그냥 테스트이다. 요새 작가는 (계속 이야기해 왔듯이) 기획자이자 아티스트 모두가 되어야 한다. 그러나 자신이 아무리 생각해 봐도 기획이나 마케팅에 소질이 없다면 과감하게 접고 자신의 길을 가야 한다.

집중을 해야 한다. 내가 정말 쓰고 싶은 것이 무엇인지 아는 것이 중요하다. 어떤 장르인지 곰곰이 생각해 보아야 한다. 어떤 주제인지 잘 생각해 보아야 한다. 어떤 메시지를 세상에 전하고 싶은지 깊이깊이 숙고해 보아야 한다.

8) 글쓰기가 재미있는가?

사람은 즐거운 일 또는 중요한 일에 집중한다. 집중은 기적을 낳는다. 집중을 잘하지 못하면 죽도 밥도 되지 못한다. 책을 읽을 때는 집중을 잘하다가 글만 쓰려면 집중력이 흐려지는 사람들이 있다.

재미 때문이다. 재미가 있어야 집중하는 것이다. 글쓰기를 처음하면 집중이 잘 안 된다. 훈련이 안 되어 있기 때문이다. 그러나 일정 기간 글쓰기를 한 후에도, 훈련을 한 후에도 집중이 잘되지 않으면 다시 생각해 보아야 한다. 이 일을 하며 평생 살아야 하기 때문이다. 글쓰기를 아무리 해도 재미가 없다면 '작가'는 나의 길이 아니다. 쓰면 쓸수록 재미가 있는 사람. 그 사람이 작가이다.

지금까지 스스로 컨설팅해 본 것을 표로 만들어서 정리해 둔다. 이런 셀프 컨설팅을 거치다 보면 자신에게 맞는 주제가 나온다. 자신에게 맞는 글감도 나온다. 조사와 공부를 통해 자신이 잘 쓸 수 있는 분야도 나온다. 아무것 없이 직관으로, 또는 가진 지식으로 술술 쓸 수 있는 분야도 나온다. 셀프 컨설팅이지만 해 볼 만하다.

시시때때로 자꾸 해 보아도 좋다. 사람은 자꾸 변하기 때문이다. 어제는 시를 잘 썼는데 내일은 소설을 잘 쓸 수도 있다.

이 셀프 컨설팅을 단지 작가가 되기 위해서라고 국한하지 않아도 된다. 여기에는 많은 심리적 요소들이 있다. 물론 나는 심리 전문가가 아니기 때문에 전문적이지는 않을 것이다. 내가 한 셀프 컨설팅을 소개한 것이기 때문이다.

그러나 나 자신을 안다는 것. 그것은 인생의 모든 분야에서 매우 중요한 일이다. 자신이 좋아하고 싫어하는 일을 찾는다든가 자기 객관화를 해 보는 것은 (꼭 이 책의 내용대로가 아니더라도) 한 번 해 보길 추천한다.

3. 알아두면 쓸데 있는 예비 작가를 위한 잡지식

책을 써서 인생이 달라진 사람들

1) 『꿈꾸는 다락방』 이지성

초등학교 교사였다. 월급은 아버지의 20억 빚을 갚는 데 쓰며 옥탑방에서 살았다. 하루 3~4시간만 자면서 글을 써서 출판사에 보냈지만 거절당하고 14년을 무명작가로 살았다. 그러다가 2007년 『여자라면 힐러리처럼』이 40만 부가 팔려 스타 작가가 되었다.

『꿈꾸는 다락방』, 『여자라면 힐러리처럼』, 『독서 천재가 된 홍대리』, 『생각하는 인문학』, 『에이트』 등 다수의 베스트셀러를 보유한 스타작가이자 유튜버이다.

2) 『해리 포터』 조앤 롤링

어린 아기가 딸린 이혼녀였던 조앤 롤링. 딸에게 줄 분유가 없어 맹물을 주었고, 본인도 굶다시피 살았다고 한다. 우울증으로 자살까지 시도

했지만 조앤 롤링은 작가의 꿈을 포기하지 않았다. 집 근처의 카페에서 쓴 『해리 포터』를 12군데 출판사에 보냈지만 모두 거절당한다. 그러다 런던의 소규모 출판사 블룸즈베리에서 채택되어 첫 500권을 시작으로 『해리 포터』는 출판되었다. 『해리 포터』는 조앤 롤링과 블룸즈베리 출판사에 엄청난 부와 명예를 안겨 주었다.

3) 『공부가 제일 쉬웠어요』 장승수

가난한 문제아로 청소년기를 보낸다. 그러다가 오토바이 사고로 실려간 응급실에서 의사에게 무시를 당하고 대학 진학을 결심한다. 막노동, 택시기사 같은 일을 하며 졸업 6년 만에 서울대학교 법학과에 입학한다. 그런 자신의 경험을 토대로 출판한 『공부가 제일 쉬웠어요』는 엄청난 화제를 낳으며 베스트셀러가 되었다. 옛날 책이지만 지금도 『공부가 제일 쉬웠어요』의 장승수를 기억하는 사람들이 많을 정도.

4) 『하루 10분 독서의 힘』 임원화

평범한 간호사였던 임원화를 1인 기업가로 변신시켜 준 책이다. 직장인이었던 임원화 작가가 몰입독서에 관한 책으로 인생을 바꾸었다. 자신의 인생을 변화시킨 이야기를 진솔하고 진취적으로 담아내었다.

5) 『잠깐 선 좀 넘겠습니다』 최원석

서점 직원에서 출판사 직원으로 일을 하다가 작가가 되었다. 이슬아 작가의 구독자 모집을 보고 응모하여 연재 글을 보내게 되었다고 한다. '초딩 시선'이라는 이름으로 쓴 글들이 모아져서 『잠깐 선 좀 넘겠습니다』라는 에세이가 출간되었다. 인스타그램을 적극적으로 이용하는 작가로 자신의 책에서 "책이 한 사람의 인생을 바꿀 수 있고, 내가 증인."이라고 말했다.

6) 『아프니까 청춘이다』 김난도

평범한 대학교 교수였던 그를 젊은이들의 멘토로 만들어 준 베스트셀러이다. 『천번을 흔들려야 어른이 된다』는 또 다른 베스트셀러가 되었고, 『트렌드 코리아』는 매번 베스트셀러 명단에 이름을 올리고 있다. 대중강연자로서의 위상도 넘사벽 수준이라고 한다.

7) 『육일약국 갑시다』 김성오

마산에서 육일약국 모르면 간첩이라는 말이 있을 정도였다. 빚으로 시작한 4.5평의 약국을 모르는 사람 없는 약국으로 키워 낸 경영계의 신화적 존재인 김성오. 그의 경영 노하우가 담긴 책 『육일약국 갑시다』. 이 책으로 명성이 알려진 그는 메가스터디의 부회장이 되었다. 그야말로 인생역전의 케이스.

8) 『시골의사의 부자 경제학』 박경철

안동 시골의사 박경철을 경제 전문가로 리모델링 시켜 준 책. 대학 때부터 관심을 갖던 경제 지식과 부에 대한 인사이트를 담은 『시골의사의 부자 경제학』은 베스트셀러가 되어 그의 인생을 바꾸어 주었다. 의사가 쓴 경제학 서적인데 경제 전반에 대한 상당한 지식과 통찰력이 돋보인다. 박경철 작가는 의사, 작가, 방송인, 강사 등으로 활동하고 있다.

9) 『고교중퇴 배달부 연봉 1억 메신저 되다』 박현근

고교를 중퇴하고 배달 일을 10년간 했다. 스물아홉, 배달이 늦었다는 이유로 뺨을 맞고 이렇게 살지 않겠다고 결심한 박현근. 미친 듯이 책을 읽고 강사생활을 시작한다. 자신의 시련과 경험을 담아 『고교중퇴 배달부 연봉 1억 메신저 되다』를 출간하였다. 이 책은 베스트셀러가 되어 박현근 작가의 인생을 변화시켜 주었다.

9) 『미움받을 용기』 기시미 이치로

기시미 이치로의 이름을 몰라도 『미움 받을 용기』라는 책은 들어보았을 것이다. 한국과 일본에서 150만 부 이상 판매된 초대박 베스트셀러이다. 작가 기시미 이치로에게 엄청난 부와 명성을 안겨 주었다.

10) 『빙점』 미우라 아야꼬

1999년 사망한 일본의 여성 작가로 인간의 원죄를 다룬 장편소설 『빙점』으로 유명하다. 13년간 폐결핵을 앓은 후 결혼하여 작은 구멍가게를 열었다. 장사가 너무 잘 되자 손님들을 주변 점포에 보내고 남는 시간에 쓰게 된 소설이 『빙점』이다. 이 소설은 아사히 신문사 공모전에 당선이 되며 미우라 아야꼬를 작가로 바꾸어 주었다.

11) 『죽고 싶지만 떡볶이는 먹고 싶어』 백세희

『미움받을 용기』와 마찬가지로 저자의 이름은 몰라도 책 이름은 익히 들어 봤을 『죽고 싶지만 떡볶이는 먹고 싶어』. 저자가 받은 심리상담을 기록한 책이다. 얼마나 이 책 제목이 유명했는지 온라인상에 각종 밈이 탄생하기도 했다. (EX: 공부는 하기 싫지만 100점은 받고 싶어 등) 평범한 출판사 직원을 유명 작가로 탄생시켜 준 책.

이 외에도 책으로 인생을 바꾼 케이스는 너무도 많다. 서점에 꽂혀 있는 작은 책 한 권. 그 한 권의 힘, 작가가 되어야 쓸 수 있는 힘이다.

책을 쓰면서 했던 나의 잡학 노하우들

1) 신체에 대하여

신체에서 작가에게 가장 중요한 것이라면 1번 눈(시력), 2번 손, 3번 허리일 것이다. 다른 신체 기관들도 물론 아주 중요하지만. 작가가 되려면 눈과 손을 무척 혹사해야 한다. 허리도 튼튼해야 한다. 얼마나 모니터를 들여다보았는지. 자료를 조사한답시고 책과 컴퓨터를 눈알이 빠지도록 보았다. 노트북에 열이 날 정도로 타자를 쳤다. 손목이 나가지 않은 것이 감사하다. 앉아 있는 시간이 길기 때문에 허리도 중요하다. 허리가 아파 엎드려서 글을 쓰면 능률이 나지 않는다. 허리가 더 아파질 수도 있다. 나를 일하게 해 주는 신체 기관들을 건강하게 잘 유지해야 한다.

앞서 말한 세 가지 건강을 유지하기 위해 다음과 같은 활동을 했다. 참고하기 바란다.

나는 혹사하는 내 눈을 위해 이렇게 했다.

집중하다가 지겹거나 생각이 나지 않으면 모니터에서 눈을 뗀다. 그리고 간단한 시력 운동을 했다. 눈을 2~5초간 아주 꽉 감았다 뜬다. 감았다 뜨는 것을 서너 번 한다. 그리고 멀리 본다. 약 5초 정도 멀리 보았다가 5초 정도 가까운 것을 본다. 이 동작을 또 서너 번 한다. 그리고 또 눈 꽉 감기. 이것을 한 세트 삼아 3번 정도 해 주었다. (시간은 그다지 상관없다. 5초든 10초든 되는 대로 한다.)

그리고 손목 털기. 손목을 탈탈 털고 손가락 스트레칭을 해 준다. 굉장히 시원하고 손만 털고 손가락 스트레칭을 해 주었을 뿐인데 몸도 개운해진다. 그 후 기지개도 한 번 켜 준다.

허리운동은 벽에 손을 짚고 뒷발차기를 살살 10개 한 세트씩 3번을 해 주었다. 옆으로도 차고 뒤로도 차고 이렇게 3세트 정도를 해 주었다. 그리고 옛날 국민체조처럼 허리를 빙 돌려 주었다. 상당히 시원하다.

그 후 물 또는 발포비타민 워터를 한 잔을 마셔 주면 끝이다. 인간은 신체를 움직이고자 하는 욕구가 있다. 건강한 사람이 장시간 몸을 움직이지 않으면 신물이 난다. 뇌가 싫어하는 것이다. 고3 학생도 운동을 하는 학생이 성적이 더 좋다고 한다. 간단한 운동으로 신체를 움직여 주는 것이다. 뇌도 더 잘 돌아가고 내 몸도 보호해 준다.

2) 정신

두 가지로 해소했다. 사람 만나기와 걷기.

아주 낭비적인 모임에 간다. 기분을 환기하기에 정말 좋은 활동 중 하나이다. 그저 아무 생각 없이 웃고 떠든다. 친목모임이 좋다. 나를 비판하지 않고 같이 웃고 떠드는 모임. 그럼 정신적으로 굉장히 풀린다. 글을 쓰는 것은 외로운 작업이다. 방해받지 않아야 되기에 함께할 수 없는 작업이다. 혼자 있는 시간이 길면 자꾸 사람 만나기가 싫어진다. 혼자에 적응이 되는 것이다. 의식적으로 사람을 좀 만나는 게 좋다. 나도 괜히 만났다. 일 없이 커피 마시자, 밥 먹자, 놀자 하며 지인들을 불러냈다. 멀어도 지인이 있는 곳까지 꾸역꾸역 찾아갔다. 시간이 아까워도 종종 그렇게 했다. 그냥 웃고 떠드는 것을 목적으로 사람을 만나면 기분도 훨씬 나아지고 스트레스도 많이 풀린다.

사람을 만나고 싶지 않을 때는 마음이 풀어질 때까지 걸었다. 걷기는 내가 가장 좋아하는 활동이자 취미 중 하나이다. 그냥 날씨와 야외를 즐기며 걸었다. 건물도 보고, 자연도 보고, 하늘도 보고, 바람도 느끼고. 그렇게 활력을 되찾았다. 몸을 움직이면 뇌가 리프레시되고 정돈된다. 책 쓴다고 움직이지 않던 신체를 실컷 움직여 주면 기분이 상당히 좋아진다. 몸도 활력이 돈다. 걷는 것이 싫으면 오랜 시간(정신적 피로가 풀릴 만큼의 시간) 할 수 있는 신체 운동을 하면 된다. 고강도 운동은 피하는 것이 좋다. 피곤이 풀리는 데 오래 걸린다.

3) 음식

오래 앉아 있어야 되기에 음식도 조금은 조절했다. 먹고 싶은 맵고 짜고 자극적인 음식은 저녁 식사에 주로 먹었다. 낮이나 아침에 그런 류를 먹으면 가스가 차거나 속이 좋지 못해서 또는 너무 졸려서 집중을 할 수가 없었다. 죽이나 스프도 별로였다. 금세 배가 고파져서 능률이 날만하면 뭔가 먹어야 했기 때문이다. 든든하고 속편한 음식이 좋다. 채소 위주의 한식이 제일 좋았다. 밥심이 있어야 한다. 밥을 확실히 끼니때마다 잘 먹어 주는 게 건강을 위해서도 집중을 위해서도 좋다. 시간이 없을 때는 국수를 즐겨 먹었다. 따뜻한 국물이 있는 국수를 먹었다. 밀가루 음식이어서 아무래도 밥보다는 못했다. 그래도 든든했고 속도 편안한 음식이었다.

출출할 땐 채소 스틱을 먹었다. 아는 언니가 당뇨가 있다. 식단을 엄청 신경 쓴다. 언니가 즐겨 먹는 것이 채소 스틱이다. 당근, 오이, 파프리카 등 생활에서 흔히 접하는 야채들, 이 야채들을 스틱처럼 썰어서 통에 넣어 두고 시시때때로 먹는 것이다. 나도 내가 좋아하는 야채로 선별했다. 당근, 고구마, 콜라비, 샐러리, 여기에 감이나 바나나 같은 과일도 종종 더했다. 원래 야채를 좋아하지 않는데 이렇게 해 두고 먹으면 잘 먹어졌다. 조금만 시간을 내서 야채들을 썰어 냉장고에 보관해 두면 된다. 글을 쓰다가 입이 심심하면 먹으면서 썼다. 당근 스틱 한두 개만 먹어도 든든하다.

4) 잠

처음에는 욕심을 부려 잠을 줄여 보려고 했다. 그런데 이건 정말 비추이다. 딱 하루 성취감이 들고 며칠을 골골거렸다. 게다가 책만 쓰고 아무 일도 하지 않는 팔자 좋은 인생도 아니었다. 책 쓰기 외에도 다른 할 일이 많았다. 그런 일들을 피로한 상태에서 처리하려니 짜증이 나고 너무 지쳤다. 아이들에게도 짜증을 많이 냈다.

고3 때 3당 4락이니, 4당 5락이니 하던 말이 유행한 적이 있다. 정말 말도 안 되는 소리이다. 잠은 무척 중요하다. 인간의 하루 중 가장 오랜 시간을 투자하는 만큼 중요하다. 잠을 줄이면 몸은 움직여도 뇌가 잔다. 좋은 생각이나 아이디어도 떠오르지 않는다. 잠을 줄여서라도 빨리 작가가 되어야지, 빨리 초고를 끝내야지 하는 생각은 중단했다. 몸만 버린다. 두뇌는 더 늙은 것 같다. 그냥 푹 자고 기분 좋게 일어나서 시간을 효율적으로 써야 된다. 차라리 SNS를 줄이는 것이 낫다.

잠에 대한 아주 흥미로운 실험이 있어서 요약하여 소개해 본다. 미국의 고등학생인 랜디 가드너(Randy Gardner)는 인간이 왜 잠을 자야 하는지가 궁금했다. 그는 스스로 잠을 자지 않는 실험을 했고 11일간 잠을 자지 않아 기네스북에 올랐다. 가드너의 부모는 미 해군 신경정신의학 연구소에 아들의 상태에 대한 검사를 의뢰했다. 가드너는 실험 중 피해망상, 환시, 정신분열병적 증상, 기억력, 구음장애 등을 보여 실험을 중단했다. 그는 2017년 미국의 한 팟캐스트의 게스트로 출연하여 10년간의 수면장애를 고백했다.*

잠을 줄이지 말고 푹 자고 잘 일어나야 한다. 그리고 시간을 아껴서, 자투리 시간을 줄여서 책을 써야 한다. 조금 느리게 가더라도 끝까지만 가면 된다.

---

* 정신의학신문, 2021년 4월 22일 기사. '잠을 오랫동안 자지 않으면 어떻게 될까?' 김인수 정신건강의학과 전문의.

5) 데드라인

데드라인이 없으면 미루게 된다. 데드라인 없는 작가 되기는 강태공의 낚시일 수 있다. 시간만 낚을 수 있다. 인간의 의지력은 믿을 게 못 된다. 연약한 의지력을 도와주는 것이 데드라인이다.

나에게는 '아이 방학 전'이 데드라인이 되어 주었다. 그런 물리적 한계가 없다면 '3개월 안에 초고 쓰기'와 같이 확실한 데드라인을 설정해 두어야 한다. 기간 설정도 너무 길면 의미가 없다. 연초에 '1년 안에 작가가 되겠다.'라는 데드라인은 애매하다. (내가 그러다가 몇 번이고 실패했다.) 시간만 보내고 금세 11월이 된다. 송년회니 신년회니 하다 보면 그냥 해를 넘기게 된다.

초고를 쓰겠다면 현재로부터 3개월이나 4개월 정도가 가장 좋은 데드라인이다. 1개월이나 2개월은 짧고(압박감도 심하고) 3개월이면 너무 길지도 짧지도 않다. 상황에 따라서 4개월 정도로 해도 좋다.

블로거 작가인 팀 어반은 2016년 TED 강의 'Wait But Why'에서 데드라인과 미루는 심리를 재미있게 설명했다. 팀 어반은 우리 뇌 속에는 '순간적 만족감 원숭이(Instant Gratification Monkey)'가 있다고 한다. 원숭이는 싫은 일은 어떻게든 미루려고 한다. 원숭이를 우리 뇌에서 쫓아낼 수 있는 것은 '패닉 몬스터(Panic Monster)'인데 이것은 데드라인이 다가올 때만 나타난다고 한다. 팀 어반은 우리 모두 미루는 것에서 자유롭지 못

하지만 패닉 몬스터(데드라인)가 있을 경우 '결국 할 일을 할 수 있다.'고 설명했다.

작가가 되기로 했다면 데드라인을 설정해 놓고 책을 쓰자. 게으름의 대명사 같은 나도 데드라인 설정으로 이 책의 초고를 쓸 수 있었다.

그리고 지금 이 책은 출간을 앞두고 있다.

닫는 글

책을 한 권 내 보자. 내 이름이 박히고 서점에 진열될 수 있는 종이책을 한 권 내 보자. 서점에 저렇게 많은 책들이 있는데 내 이름이 들어간 책도 꽂혀 있고 싶다.

이 바람 하나가 지금의 결과를 가지고 왔다.

작가가 된다는 것은 글을 쓰고 책을 내는, 그런 기계적인 일이 아니라는 것을 정말로 실감했다.

실제 출판 과정에 들어가니 좋으면서도 싫었다. 자랑스러우면서도 부끄럽고, 잘했다 싶으면서도, 괜히 했나 싶었다. 아무것도 아닌 Nobody였던 내가 작가라는 Somebody가 되는 것이 두렵고도 기뻤다. 이런 양가감정의 소용돌이가 끝까지 몰아쳤다.

그럼에도 불구하고 책을 내고 작가가 되는 것은 그만큼 가치가 있는 일이다.

누군가 책을 내는 것은 환영할 만한 일이고, 누구든 뜻이 있다면 작가가 되라고 하고 싶다.

이 책은 내가 앞으로 작가로서 삶을 살아가는 문(Door)이 되어 줄 것이다. 아직은 문고리를 돌려 문을 연 것에 불과하다. 그러나 분명 한 번 열린 문은 스스로 의도하지 않는 이상 닫히지 않을 것이다.

이 문 밖의 세상이 어떤 세상이 될지, 어떤 신나고 예상치 못한 일들이 기다리고 있을지 기대되는 마음이다.

『이상한 나라의 앨리스』라는 책을 알 것이다. 앨리스라는 소녀가 말하는 하얀 토끼를 따라 환상의 세계인 원더랜드에 가서 겪는 모험담이다. 토끼를 따라간 앨리스는 평범한 일상에서 벗어나 기묘한 모험을 겪는다.

작가가 되는 것은 평범한 일상에서 평범하게 지내던 당신을 '작가'라는 다른 세계로 데려갈 것이다. 이 책이 하얀 토끼가 되어 당신을 작가랜드로 안내해 줄 것이다.

이 책을 쓰도록 최초의 시작을 도와준 박서인 대표님과 묵묵히 나를 서포트해 준 가족에게 감사의 인사를 전한다.

누구나가 작가가 될 수 있는 시대에 태어난 우리 모두에게 축복과 감사를 보낸다.

앨리스 In 짝가랜드

초판 1쇄 발행 2023년 12월 25일

지은이 노랑앨리스
펴낸이 이기봉
편집 좋은땅 편집팀
펴낸곳 도서출판 좋은땅
주소 서울특별시 마포구 양화로12길 26 지월드빌딩 (서교동 395-7)
전화 02)374-8616~7
팩스 02)374-8614
이메일 gworldbook@naver.com
홈페이지 www.g-world.co.kr

ISBN 979-11-388-2614-3 (03810)